著名朗诵艺术家张家声、林如倾情朗读

中华经典诗文诵读读本

雅言传承文明 经典浸润人生

国家语言文字工作委员会 选编

晚晴篇
第二版

北京大学出版社
PEKING UNIVERSITY PRESS

图书在版编目(CIP)数据

中华经典诗文诵读读本.晚晴篇／国家语言文字工作委员会选编.—2版.—北京：北京大学出版社，2015.9

ISBN 978-7-301-26132-3

Ⅰ.①中… Ⅱ.①国… Ⅲ.①文学欣赏–中国–青少年读物 Ⅳ.①I206-49

中国版本图书馆CIP数据核字(2015)第180413号

书　名	中华经典诗文诵读读本·晚晴篇（第二版）
著作责任者	国家语言文字工作委员会　选编
责任编辑	任蕾　刘正　杜若明　白雪
标准书号	ISBN 978-7-301-26132-3
出版发行	北京大学出版社
地　址	北京市海淀区成府路205号　100871
网　址	http://www.pup.cn　新浪微博:@北京大学出版社
电子信箱	zpup@pup.pku.edu.cn
电　话	邮购部 62752015　发行部 62750672　编辑部 62753334
印刷者	北京大学印刷厂
经销者	新华书店
	880毫米×1230毫米　A5　4.375印张　133千字
	2008年5月第1版
	2015年9月第2版　2015年12月第2次印刷
定　价	22.00元（含1张MP3光盘）

未经许可，不得以任何方式复制或抄袭本书之部分或全部内容。
版权所有，侵权必究
举报电话：010-62752024　电子信箱：fd@pup.pku.edu.cn
图书如有印装质量问题，请与出版部联系，电话：010-62756370

《中华经典诗文诵读读本》编辑委员会

顾　问
　　楼宇烈　袁行霈

主　任
　　赵沁平

副主任
　　王登峰　张世平

编委会成员（按姓氏笔画）

王明舟	王建生	王振峰	白　雪	杜若明	李　简
杨立范	吴晓东	张万彬	张映川	张黎明	陈　来
陈章太	赵　乐	郝阿庆	夏　洁	徐　刚	徐晓辉
高新华	黄湘金	商金林	彭兴顾	傅　刚	强　翌

第二版说明

习近平总书记曾谈道:"中国是有着悠久文明的国家。在世界几大古代文明中,中华文明是没有中断、延续发展至今的文明,已经有五千多年历史了。我们的祖先在几千年前创造的文字至今仍在使用。两千多年前,中国就出现了诸子百家的盛况,老子、孔子、墨子等思想家上究天文、下穷地理,广泛探讨人与人、人与社会、人与自然关系的真谛,提出了博大精深的思想体系。他们提出的很多理念,如孝悌忠信、礼义廉耻、仁者爱人、与人为善、天人合一、道法自然、自强不息等,至今仍然深深影响着中国人的生活。中国人看待世界、看待社会、看待人生,有自己独特的价值体系。中国人独特而悠久的精神世界,让中国人具有很强的民族自信心,也培育了以爱国主义为核心的民族精神。"

优秀传统文化凝聚着中华民族自强不息的精神追求和历久弥新的精神财富,是今天我们发扬社会主义先进文化的深厚根基,是建设中华民族共同精神家园的重要支柱。提升优秀传统文化在意识形态领域的重要作用,需要全社会行动起来,正视优秀传统文化的价值,发掘其中蕴涵的现代意义,出版传承优秀传统文化的图书则是我们出版者义不容辞的责任。

本套读本初版于2007年,八年来多次重印,深受社会各界读者的喜爱。著名朗诵艺术家关山、张家声、林如和王雪纯为这套读本倾情诵读,声情并茂,感人至深。可惜的是,读本和诵读光盘分开销售,读者大都不知道这套读本另配诵读光盘,未能体验朗诵艺术家的深厚感染力。为此,我们修订再版这套读本,订正了原书中的少量错误,调整了版式,最重要的,是附赠诵读光盘,使得读者可以充分领略朗诵大家的艺术魅力,加深对于所选诗文的理解。

这套读本收录诸子百家及文学作品共计580余篇(则)。依读者的年龄层次、学习习惯、兴趣特点分别编入"幼儿篇""小学篇Ⅰ、Ⅱ""中学篇Ⅰ、Ⅱ""大学篇""壮岁篇"和"晚晴篇"六篇八册之中。

"幼儿篇"考虑幼儿的特点和兴趣,选取的都是诗词,其他各册分"进德修业,成就智仁勇""含英咀华,体悟真善美"和"附录"三部分。

"进德修业,成就智仁勇"部分是先秦诸子百家经典(也收录部分后世学者的相关阐释)中有关道德修养和人格培养的语录,以格言式的短篇警句为主,按立意内容分若干子目,依类列出,每类中的作品大致以朝代先后为序。

"含英咀华,体悟真善美"部分选取文学作品,以古代为主,稍涉现代。作品以体裁为序,先诗后文,以作者的时代依次排列。

本读本所选文言文作品通注汉语拼音,以利诵读。字音以《现代汉语词典》为准。个别入韵的字,考虑到古典诗词格律特点和传统的诵读习惯,保留传统读音,如"斜"注xiá,"还"注huán,"骑"注jì等。

注解分"注释"和"赏读"(赏析)两部分,帮助读者理解选文的内容和意义。为方便诵读,本读本注释从简,各册视文章篇幅及版面安排或旁注或脚注。

选文版本以通行本为主,兼顾中小学教材的版本。

"附录"分作者与作品简介和版本目录两部分,简要介绍本书作者和作品并附版本说明。

本读本各册均附诵读光盘,分别由关山、张家声、林如和王雪纯朗诵。

雅言传承文明　经典浸润人生

　　文化是民族的符号。一个民族的崛起，除了经济的强盛外，更重要的是文化的繁荣。进入21世纪，随着中国经济的腾飞，中国文化的复兴也随之摆在我们每个炎黄子孙的面前。中华民族有悠久的文明史，虽历尽沧桑，仍然昂首屹立于世界民族之林，文化的薪火相传居功厥伟。文化不绝，民族就不灭。在这个意义上，传承、弘扬我们的文化，可以说是我们民族复兴的首要任务。

　　近年来，随着"国学热"的持续升温，整个社会对传统文化的兴趣日增，对经典的关注程度也越来越高。神州大地，处处弦歌之声，诵读经典，蔚然成风。可以说，中华民族的文化自觉时代正在悄然来临！所谓文化自觉，是指认识并继承民族文化的精髓，在新的时代加以发扬光大，在此基础上与其他文化展开平等对话，取长补短，和谐共处。文化自觉带来的将是文化的复兴、民族的复兴，将是和谐社会，和谐世界。

　　我们的文化博大精深，自不待言。五千年的文明，给我们留下了巨大的精神宝藏。其中最具代表性的就是我们的经典。我们的经典琳琅满目，众美毕呈，最引人注目的就是对人的塑造：对崇高道德的体认，对完美人格的追求，对人生价值的探究，对真善美的渴望……"富润屋，德润身"（《礼记·大学》），经典的嘉言，是滋润我们心灵的甘泉，它像春雨一样，在不知不觉中，浸润我们的人生，使我们的人生更充实、更丰富、更完美。

　　经典是神圣的。面对经典，我们不能不产生敬畏和感恩之心。五千年的历史长河中积淀下来的东西，塑造了我们的品格，塑造了我们的灵魂。继承并将其发扬光大，是我们义不容辞的责任。

　　当然，我们对传统文化的传承和弘扬决不是照单全收，而是扬弃，即去粗取精、去伪存真，"剔除其封建性的糟粕，吸收其民主性的精华"（毛泽东《在延安文艺座谈会上的讲话》）。对于过时的、陈旧的东西，如"君要臣死，臣不得不死""不孝有三，无后为大"等宣扬愚忠愚孝的内容是坚决要摒弃的。我们要弘扬的是积极的、向上的，反映中华民族优良传统的精髓，是流淌在我们血脉之中的、打着中华民族印记的、伴随我们穿越五千年历史走到今天的文化基因和令我们自豪的文明成果。正如胡锦涛总书记在中共中央政治局学习时指出的，我们既要弘扬中华传统文化，又要借鉴西方先进文明，在弘扬与借鉴中继承和创新。

在传统文化逐渐走进人们视野的背景下，国家语言文字工作委员会在2007年年初提出了"把推广普通话和推行规范汉字与弘扬中华优秀文化相结合"的工作思路，向全社会发出倡议，通过诵读经典传承中华文化，在诵读中亲近经典，在亲近中热爱中华文化，在热爱中弘扬中华文明，在弘扬中创新、发展。"雅言传承文明，经典浸润人生"，这一口号一经提出，迅速得到了社会各界的积极响应。

经典是浩瀚的。对于现代人来说，"皓首穷经"既无必要，恐怕也无可能。再说，不同的人群对经典的阅读需求也可能不同。这就需要我们提供合适的选本。

经典是雅言记录的。"子所雅言，《诗》《书》、执礼，皆雅言也。"（《论语·述而》）这里的"雅言"，指的是以周王朝京都地区的语音为标准的官话，也就是当时的通用语。现在我们用"雅言"（普通话）诵读经典，就是要让这形式和内容两方面的财富互为平台，相互生发、相得益彰。

由国家语言文字工作委员会组织编选，北京大学出版社出版的这套《中华经典诗文诵读读本》总共8册，其突出特点是分年龄段，按照年龄的不同分为"幼儿篇""小学篇""中学篇""大学篇""壮岁篇"和"晚晴篇"。针对不同的人群，选取适当的诗文，可以说是一个有益的尝试。

经典浸润人生，经典伴随一生。这套读本力求能体现这一点。道德的追求、人格的完善是一个贯穿整个人生的过程，因而有些篇目分别出现于多个分册，这是不可避免的，甚至是必要的。"言近而指远者，善言也；守约而施博者，善道也。"（《孟子·尽心下》）经典嘉言内涵丰赡，在不同的人生阶段会唤起人们不同的体悟，因而篇目的看似重复实则体现着认识的深化。

经典是博大精深的。尽管撷取务精,但因读本容量所限,难免遗珠之憾。这也给编者提出了新的任务,追索读者的需要,让经典贴近读者,让读者亲近经典;让经典走进读者的心灵,让读者走进经典的殿堂。在这方面,编者还有很多工作要做。

21世纪是中华民族实现伟大复兴的世纪,我们躬逢其盛,何幸如之!让我们行动起来,这样才能无愧于历史,让我们从经典诵读开始吧!

国家语言文字工作委员会主任

赵沁平

2007年6月

目录

进德修业，成就智仁勇

守善 …… 1

仁者安仁，智者利仁 /2
德之不修，是吾忧也 /2
笃信好学，守死善道 /3
子在齐闻《韶》/4
上善若水 /4
事天立命 /5
仁言不如仁声之入人深也 /6
穷则独善其身，达则兼善天下 /7
君子有三思 /8
尽小者大，积微者著 /9
目贵明，耳贵聪，心贵智 /9
德与身存亡者，未可以取法也 /10
不归善者不为君子 /10
君子不恤年之将衰，而忧志之有倦 /11
循福之所自来，防祸之所由至 /11
西铭 /12

恬退 …… 17

大道泛兮，其可左右 /18
不争 /19
知足不辱，知止不殆 /20
养心莫善于寡欲 /20
庄子钓于濮水 /21
卑让降下 /22

向学 24
学而不厌 /25
不知老之将至 /25
学至乎没而后止 /26

养生 27
食不厌精，脍不厌细 /28
拱把之桐梓 /29
节其五欲，去其二凶 /30
充摄之间，此谓和成 /32
起居时，饮食节 /34
圣人不治已病治未病 /35
流水不腐，户枢不蝼 /36
人之耳目，曷能久熏劳而不息乎 /37
圣人必先适欲 /37
人有三死而非命 /38
五禽戏 /39
养生 /41

达观 45
恬淡寂漠，虚无无为 /46
庄子鼓盆 /49

教子 51
贻之以言，弗贻以财 /52
孟母三迁 /52

含英咀华，体悟真善美

曹　操　　龟虽寿 /56
陶渊明　　饮酒（其五）/57

陶渊明	归园田居 /58
宋之问	渡汉江 /59
韩　愈	左迁至蓝关示侄孙湘 /60
杜　甫	茅屋为秋风所破歌 /61
路德延	小儿诗 /64
杨万里	嘲稚子 /70
苏　轼	江城子·密州出猎 /71
杨　慎	临江仙（滚滚长江东逝水）/73
司马迁	报任少卿书（节选）/74
崔　瑗	座右铭 /78
傅　玄	傅子·仁论 /79
陶渊明	桃花源记 /82
吴　均	与朱元思书（节选）/85
王　维	山中与裴秀才迪书 /87
韩　愈	原　毁 /89
司马光	训俭示康（节选）/96
沈　括	梦溪笔谈·书画 /102
苏　轼	斗牛图 /103
郑　燮	潍县署中与舍弟墨第二书 /105
袁宏道	满井游记（节选）/109
沈　复	儿时记趣（节选）/111
艾　青	我爱这土地（节选）/114
穆　旦	赞美 /115

附　录

作者与作品简介 /119

版本目录 /123

中华经典诗文诵读读本

雅言传承文明　经典浸润人生

晚晴篇

进德修业，成就智仁勇

守 善

  道德追求是终生的事业。"君子不临年之将衰，而忧志之有倦。"在人生的道路上，只有不断前进，才能成就完美人格。"德之不修，学之不讲，闻义不能徙，不善不能改，是吾忧也。"连孔子都这样要求自己，我们就更应该加倍努力了。

注释

约：穷困不得志。

利仁：利用仁（来获取长远的利益）。

子曰："不仁者不可以久处约，不可以长处乐。仁者安仁，智者利仁。"

《论语·里仁》

赏析

有些人觉得孔子是圣人，不应该谈"利"的事情，所以把这里的"利"解释成"顺从"，这是没有根据的。《周易·乾·文言》："利者，义之和也。"孔子并不排斥利，只是认为利必须以义为指导。

注释

修：修习。
讲：相与论说。

徙：迁移。

子曰："德之不修，学之不讲，闻义不能徙，不善不能改，是吾忧也。"

《论语·述而》

赏析

修德、讲学、徙义、改过，孔子认为这是君子修身的四个基本条件。

子曰:"笃信好学,守死善道。危邦不入,乱邦不居。天下有道则见,无道则隐。邦有道,贫且贱焉,耻也;邦无道,富且贵焉,耻也。"

《论语·泰伯》

注释

笃信:使诚信深厚。

守死善道:守护善道、为善道而死。

危邦:有危险的国家。

见:通"现",出现,这里指做官。

隐:隐居。

赏析

看了这段话,我们千万不要误会孔子是一个不愿意改变恶劣的局势,只愿意在有道的时代做个太平臣民,强调明哲保身的人。我们要注意他一开始就说"守死善道",一个愿意守护善道,为善道而死的人,难道会满足于明哲保身吗?因此,孔子所讲的,只是说不要做无谓的牺牲,要善于保护自己。他不是也讲过"朝闻道,夕死可矣"吗?

注释：

《韶》：相传为舜时的乐曲名。

不图：想不到，不料。
为乐：创作音乐，或演奏音乐。

zǐ zài qí wén sháo
子在齐闻《韶》，
sān yuè bù zhī ròu wèi yuē bù
三月不知肉味。曰："不
tú wéi yuè zhī zhì yú sī yě
图为乐之至于斯也！"

《论语·述而》

赏析：

中国古代的音乐节奏并不复杂，不像今天的西洋音乐有各种复调、对位、变奏、和弦等等手法，声音上缺乏变化，节奏简单。这种音乐虽不以旋律取胜，但却有一种平静安宁的感觉，有利于修身养性。

注释：

处众人之所恶：指水的本性是居下位，这正是多数人所不愿意的。
几：接近。

地：低地。
渊：深。
与：交往。
正：通"政"。

动：行动。
时：时机。

尤：罪过。

shàng shàn ruò shuǐ shuǐ shàn lì
上善若水。水善利
wàn wù ér bù zhēng chǔ zhòng rén zhī
万物而不争，处众人之
suǒ wù gù jī yú dào jū shàn
所恶，故几于道。居善
dì xīn shàn yuān yǔ shàn rén
地，心善渊，与善仁，
yán shàn xìn zhèng shàn zhì shì shàn
言善信，正善治，事善
néng dòng shàn shí fú wéi bù
能，动善时。夫唯不
zhēng gù wú yóu
争，故无尤。

《老子》第八章

赏析

水滋养万物，但是从不与人争，因为它总是处在最下方的位置。这个特点很像道家心目中的得道者，儒家心目中的圣人。这是理想人格的象征。

孟子曰："尽其心者，知其性也。知其性，则知天矣。存其心，养其性，所以事天也。夭寿不贰，修身以俟之，所以立命也。"

《孟子·尽心上》

注释

夭：短命夭折。
寿：长寿。
不贰：没有贰心。
俟之：等待天命。

赏析

充分扩充善良的本心，就可以知道人性；知道了人性，就是知道了天命了。保持人的本心，培养人的本性，就是用来侍奉天命的方法。不管是短命还是长寿，都绝不改变自己的心与性，培养身心等待天命，这就是安身立命的方法。

注释

仁声：符合仁的音乐之声。

政：政令。
教：教化。

孟子曰："仁言不如仁声之入人深也，善政不如善教之得民也。善政，民畏之；善教，民爱之。善政得民财，善教得民心。"

《孟子·尽心上》

赏析

儒家非常重视音乐，音乐直入人心，感人至深，移风易俗，莫甚于乐。政，是国家的政令；教，是道德教化。孔子也说："道之以政，齐之以刑，民免而无耻；道之以德，齐之以礼，有耻且格。"（《论语·为政》）

士穷不失义，达不离道。穷不失义，故士得己焉；达不离道，故民不失望焉。古之人，得志，泽加于民；不得志，修身见于世。穷则独善其身，达则兼善天下。

《孟子·尽心上》

注释

穷：不得志。
达：得志。

得己：自得。

泽：恩泽。

兼善天下：普施善意于天下人。

赏析

"穷则独善其身，达则兼善天下"，这不知道成为多少古代志士仁人的心灵寄托。不管得志还是失意，君子怀抱着道义，就不会感觉寂寞。这既是失意时的自我慰藉，也是得意时鞭策自己的动力。

注释

死无思：死后无门人思其德。

穷无与：穷困时无人帮助。

君子有三思，而不可不思也。少而不学，长无能也；老而不教，死无思也；有而不施，穷无与也。是故君子少思长，则学；老思死，则教；有思穷，则施也。

《荀子·法行》

赏析

所谓的三思，实际上蕴含了古人的三种基本的"不朽"观念：少而不学，长无能也，这是立功不朽；老而不教，死无思也，这是立言不朽；有而不施，穷无与也，这是立德不朽。

夫尽小者大，积微者著，德至者色泽洽，行尽而声问远。

《荀子·大略》

注释

尽：容纳。

洽：温润。

声问：名声。问，通"闻"。

赏析

容纳所有的细小，就能成其大，积累微小，就能成其明，德行到了极点就容色润泽，行为完备就声名远扬。

目贵明，耳贵聪，心贵智。以天下之目视者，则无不见；以天下之耳听者，则无不闻；以天下之心虑者，则无不知。

《鬼谷子·符言》

注释

聪：听力好。

赏析

一个人只有一双眼睛，两只耳朵，一颗心。如果人君能够用天下人的眼睛去观察，用天下人的耳朵去倾听，用天下人的头脑去思考，那就是明察了。

注释

存亡：指共存亡。

取法：效法，仿效。

德与身存亡者，未可以取法也。

《鹖冠子·天则》

赏析

身死德亡的，不值得效法。这是说，人要成就不朽的道德。

注释

蹎驰：背道而驰。这里指往各个方向奔驰。蹎，相背。

百川并流，不注海者不为川谷；趋行蹎驰，不归善者不为君子。故善言者归乎可行，善行者归乎仁义。

《淮南子·泰族》

赏析

只有把自己注入某种共同的利益中，才能成就自身。百川并流，不注入大海就成不了川谷，往各个方向努力的人，不归往善就不算君子。所以善于言谈者必以可实行为目标，善于行动的人归往仁义。

注释

恤：顾惜。

寝道：寝于道，在道上睡觉。

> 君子不恤年之将衰，而忧志之有倦。不寝道焉，不宿义焉。
>
> ——《中论·修本》

赏析

君子不顾惜自己年老力衰，而担忧志向松懈。孔子说："守死善道。"即便死时，也要恪守善道，不敢懈怠。不在道义上睡大觉，勇往直前。

注释

治：太平。

知：通"智"。

循：遵循。

遇：遇到机遇。
时：时运。

> 世之治也，行善者获福，为恶者得祸。及其乱也，行善者不获福，为恶者不得祸，变数也。知者不以变数疑常道，故循福之所自来，防祸之所由至也。
>
> 遇不遇，非我也，其时

也。夫施吉报凶谓之命，施凶报吉谓之幸，守其所志而已矣。

《中论·修本》

赏析

社会太平的时候，做善事的获得幸福，做坏事的得到祸患。等到社会混乱时，做善事的得不到幸福，做坏事的遭不到祸患，这是变例。有智慧的人不因变例怀疑正道，所以遵循幸福的来路，防范祸患的来源。能否碰到机遇，不在自身，在于时运。做善事而得到恶报，叫作命运；做坏事而得到好报，叫作侥幸，正确的做法是保持自己的志向而已。

幸：侥幸。

乾称父，坤称母；予兹藐焉，乃混然中处。故天地之塞，吾其体；天

注释

乾称父，坤称母：天称作父亲，地称作母亲。乾为天，坤为地。

予：我。
兹：语气词。
藐：藐小。
混然：质朴的样子。
中处：处在其中。

天地之塞，吾其体：充塞天地的气，构成我的身体。

地之帅，吾其性。民，吾同胞；物，吾与也。大君者，吾父母宗子；其大臣，宗子之家相也。尊高年，所以长其长；慈孤弱，所以幼其幼。圣，其合德；贤，其秀也。凡天下疲癃、残疾、

天地之帅，吾其性：支配天地的统帅，就是我的天性。

同胞：指同为天地所生。

物，吾与也：万物，是我的朋友。与，朋友。

大君者四句：帝王，是我父母亲（指天地）的宗子（嫡长子）；他的大臣，就是宗子的管家。大君，帝王。宗子，嫡长子。家相，管家。

尊高年四句：尊敬年纪大的人，所以尊敬长辈；慈爱孤单弱小的人，所以慈爱儿童。长其长，以其长为长，把他的长辈当成长辈，即尊敬长辈。

圣，其合德：圣人，是与天地之德相合的人。

贤，其秀也：贤人，是天地之间的优秀者。

疲癃：年老多病的人。

惸独：孤苦无依的人。

鳏寡：无妻曰鳏，无夫曰寡。

颠连：非常困苦。
无告：穷困痛苦而无处诉苦。
于时保之：于是保全他们（语出《诗经·周颂·我将》）。
子之翼也：作为儿子的敬意。翼，恭敬。
纯：全，都，皆。
违曰悖德：违背父母之命，就是忤逆。悖，逆。
恶：相助为恶。
其践形，惟肖者也：能够把内在的美充分表现在形体容貌上的，是那些品德像天地的人。肖，像，这里指像父母（天地）的品德。践形，语出《孟子·尽心上》："形色，天性也，惟圣人然后可以践形。"
知化：观察万物的变化。
述其事：遵循前人的事业。述，遵循。
穷神：穷究事物的精微道理。
继其志：继承前人的志意。
不愧屋漏：比喻处世光明正大，即使在没有人的地方也不做问心有愧的事情。屋漏，比喻隐蔽无人处。古代在宫室中的阴暗处开设天窗，使日光照射进室内，故称。
无忝：不辱，没有羞辱。
存心养性：保存本心，修养本性。

独、鳏寡，皆吾兄弟之颠连而无告者也。于时保之，子之翼也；乐且不忧，纯乎孝者也。违曰悖德，害仁曰贼，济恶者不才，其践形，惟肖者也。知化则善述其事，穷神则善继其志。不愧屋漏为无忝，存心养性为匪懈。恶旨酒，崇伯子之顾养；育英才，颖封人之锡类。不弛劳而厎豫，舜其功也；无所逃而待烹，申生其恭也。体其受而归全者，参乎！勇于从而顺令者，伯奇也。富贵福泽，将厚吾之生也；贫贱

匪懈：不懈怠。匪，通"非"。
旨酒：美酒。
崇伯子：指大禹，大禹的父亲叫鲧，曾被封为崇伯。
顾养：奉养父母。
育英才二句：培育英才，就像颖考叔那样，能推己及人，让同类都成为孝子。颖封人，指颖考叔，春秋时郑国人，他用自己的孝感染了郑庄公，使郑庄公母子和好。封人，是管理边疆的官。锡类，赐给同类。锡，赐给。指推己及人。
不弛劳：不使辛劳松懈下来。弛，松懈。
不弛劳二句：侍奉父亲，辛辛苦苦，从不懈怠，使父亲快乐，这是舜的功劳。厎，达到。豫，快乐。
无所逃二句：无所逃而待死，这是申生的恭顺。申生，晋献公的太子，献公听信妃子骊姬的谗言，要杀死申生，申生的弟弟重耳劝他逃走，申生说，父亲要杀儿子，我往哪儿逃呢？天下哪有无父之国呢？于是自杀。申生并不是被烹而死，说待烹，是就死的意思。
体其受二句：身体，生时受之父母，死时完整地归于天地，这是曾参吧。《礼记·祭义》："曾子闻诸夫子曰：'天之所生，地之所养，无人为大。父母全而生之，子全而归之，可谓孝矣。'"
从：听从。
顺令：顺从父母的吩咐。
伯奇：周朝大夫尹吉甫的儿子，尹吉甫听信后妻的谗言，放逐伯奇。
厚：丰厚。

忧戚：忧愁哀伤。
庸：乃。
玉女于成：帮助你获得成功。女，通"汝"。
存，吾顺事：活着，我就顺应事理。
没，吾宁也：死，是我的安宁。

忧戚，庸玉女于成也。存，吾顺事；没，吾宁也。

赏析

《西铭》是宋代理学的代表作品，充分表现了理学家的生活和伦理态度。这里所讲的内容，并没有超出先秦儒家的范围，尤其是《孟子》和《孝经》。但是较之前人，多了很多哲学的思辨色彩，也多了一些潇洒超然的气魄。应该指出的一点是其中对"孝"的论述宣扬对父亲的无条件的服从，现在来看是不对的。

恬 退

"天行健,君子以自强不息",人生应该积极进取。但世界是复杂的,万事都有度,过犹不及。"文武之道,一张一弛","知足不辱,知止不殆",懂得恬退也是必要的人生智慧。恬退不是故步自封,不求上进,而是审时度势,量力而行,"止于所当止"。

注释

泛：广泛流行。
其可左右：可以左右上下周旋，无所不在。
恃：依赖。

不辞：不辞让。
不有：不自以为有功。

衣养：养育，提供万物生长的资源。

主：主宰。
名于小：称它为"小"。

大道泛兮，其可左右。万物恃之以生而不辞，功成而不有，衣养万物而不为主。常无欲，可名于小；万物归焉而不为主，可名为大。以其终不自为大，故能成其大。

《老子》第三十四章

赏析

本章说明道的作用。道生长万物，养育万物而不加以主宰。老子赞扬的道的精神是顺其自然，"不辞""不有""不为主"。

曲则全，枉则直，洼则盈，敝则新，少则得，多则惑。是以圣人抱一为天下式。不自见故明；不自是故彰；不自伐故有功；不自矜故长。夫唯不争，故天下莫能与之争。

《老子》第二十二章

注释

曲则全：委曲反而能保全。
枉则直：屈就反而能伸展。
洼则盈：低洼反而能充盈。
敝则新：破旧反而能生新。
少则得：少取反而能多得。
多则惑：贪多反而更迷惑。
式：楷模。
不自见：不自显于众。见，通"现"。
不自是：不自以为是。
彰：彰明。
伐：自夸。
自矜：自己夸耀。

赏析

夫唯不争，故天下莫能与之争。说是不争，可是又有争而胜之的效果。这是智慧的洞察，也是谦虚大度的表现。道就是这么若虚若实，若有若无。虚者实之，实者虚之，运用之妙，存乎一心。

注释

孰：哪一个。

货：财物。
多：重要。
病：损害。
甚：过分。
爱：吝惜。
藏：累积。
厚：多。

殆：危险。

名与身孰亲？身与货孰多？得与亡孰病？是故甚爱必大费，多藏必厚亡。知足不辱，知止不殆，可以长久。

《老子》第四十四章

赏析

《老子》的深刻，就在于总能从事物的反面看到我们平常注意不到的问题。孔子也说过犹不及，事物做过头以后，就变成了相反的状态。所以过分吝啬，一定会有一天要大大地付出，积累得太多，终有一天要全部失去。人贵在知道什么时候应该停止。

孟子曰："养心莫善于寡欲。其为人也寡欲，虽有不存焉者，寡矣；其为人也多欲，虽有存焉者，寡矣。"

《孟子·尽心下》

赏析

这里的"存"与"不存",指的是人的善良本性的保存与丧失。修养心性没有比清心寡欲更好的了。一个人减少物质欲望,即使善性有所丧失,也不会多;如果欲望很多,即使善性有所保存,也不会有多少。

庄子钓于濮水。楚王使大夫二人往先焉,曰:"愿以境内累矣!"庄子持竿不顾,曰:"吾闻楚有神龟,死已三千岁矣。王巾笥而藏之庙堂之上。此龟者,宁其死为留骨而贵乎?宁其生而曳尾于涂中乎?"二大夫曰:"宁生而曳尾涂中。"庄子曰:"往矣!

注释

濮水:在今河南濮阳。

先:先导。

境内:国内,此处指国家的政事。
累:麻烦您。
顾:回头。

巾:用巾盖。
笥:用竹箱装。
庙堂:宗庙。
宁:宁可。

曳尾:拖着尾巴。

涂:污泥。

往矣:走吧。

吾将曳尾于涂中。"

《庄子·秋水》

赏析

庄子将自由地走自己的路，看作是自己的本性；把治理国家当作是戕害自己的本性。因此，对于楚王的聘请不屑一顾。

卑让降下者，茂进之遂路也；矜奋侵陵者，毁塞之险途也。是以君子举不敢越仪准，志不敢凌轨等；内穷己以自济，外谦让以敬惧。是以怨难不在于身，而荣福通于长久也。

《人物志·释争》

注释

卑让：谦卑退让。
降下：贬抑自己。
茂进：兴旺进步。
遂路：通达之路。
矜奋：骄傲气盛。
侵凌：侵犯。
毁：毁伤。
塞：堵塞。
举：行动。
仪准：标准。
凌：凌越。
轨等：规范等级。
穷己：严格要求自己。
济：助。

通：达。

赏析

　　这段话容易给人一个不好的印象，就是要装得很谦虚，以讨好周围的人，由此可以免祸，可以得到荣华富贵。不过，我们应该注意到，这段话是有前提的，就是对自己要严格要求，不能超越标准规范。这与那些没有原则、一味讨好别人往上爬的人，是有天壤之别的。我们读古人的书，应该多理解古人的苦心，不可抓住某个片面，横加指责。

向 学

　　学习是终生的事业。常言道:"活到老,学到老。"古人为我们树立了榜样。"其为人也,发愤忘食,乐以忘忧,不知老之将至。"这是孔子给我们树立的榜样。

子曰："默而识之，学而不厌，诲人不倦，何有于我哉？"

《论语·述而》

注释
默而识之：默默地记住知识。
诲：教诲。

赏析

《论语》中孔子说的"何有于我哉"，都是表示他的自信，而不是表示谦虚。这句话的意思是：对我来说有什么困难呢？孔子对这三个方面，还是非常自信的，当仁不让。孔子博学多闻，所记甚多，《卫灵公》篇说："子曰：'赐也，女以予为多学而识之者与？'"孔子又以"好学"自许，《公冶长》篇说："十室之邑，必有忠信如丘者焉，不如丘之好学也。"孔子也认为自己做到了诲人不倦，《述而》篇说："若圣与仁，则吾岂敢？抑为之不厌，诲人不倦，则可谓云尔已矣。"

叶公问孔子于子路，子路不对。子曰："女奚不曰：其为人也，发愤忘食，乐以忘忧，不知老之将至云尔。"

《论语·述而》

注释
叶：旧读shè，今河南叶县南三十里有古叶城。这里的叶公是楚国大夫沈诸梁，字子高。
奚：何。
云尔：如此而已。云，如此。尔，而已，罢了。

赏析

　　从孔子的回答看起来，叶公向子路问孔子，问的无非是孔子是一个什么样的人。不知道为什么子路没有回答，大概是觉得这个问题大而无当，仓促之间不知如何回答。

注释

真：真诚学习之心。

没：死。

zhēn jī lì jiǔ zé rù xué
真积力久则入，学
zhì hū mò ér hòu zhǐ yě
至乎没而后止也。

《荀子·劝学》

赏析

　　诚心积累多了，努力时间长了，自然就深入，学习到死然后才能停止。学无止境。

养生

古人十分重视养生，积累了一套系统的养生方法。如珍视生命、节欲保身、顺四时、节饮食、慎起居等，都值得我们借鉴。

注释

精：本指精米，这里指精细。

脍：细切的鱼肉，先切成薄片，再切成细丝。

饐，餲：都是食物腐败变味，只是程度不同，饐重于餲。

馁，败：鱼腐臭叫馁，肉腐臭叫败。

恶：不好的。

臭：气味。

失饪：食物生熟火候不当。

不时：不到吃饭的时候。

肉虽多，不使胜食气：肉虽多，吃肉不超过主食。

食气：五谷之气。

无量：不限量。

乱：乱性，指醉酒。

沽酒市脯：市场上买卖的酒和干肉。孔子不吃，可能是因为买卖的东西，不明来历，也不知道是否清洁。

不多食：不吃得过饱。

祭于公，不宿肉：助祭于国君，祭毕所得的祭肉不能留到第二天。

食不厌精，脍不厌细。食饐而餲，鱼馁而肉败，不食。色恶，不食。臭恶，不食。失饪，不食。不时，不食。割不正，不食。不得其酱，不食。肉虽多，不使胜食气。惟酒无量，不及乱。沽酒市脯不食。不撤姜食。不多食。

祭于公，不宿肉。祭肉不出三日。

出三日，不食之矣。

食不语，寝不言。

《论语·乡党》

赏析

这是记载孔子的饮食之道。孔子应该是很注重身体的，因为按照儒家的观念，自己注意身体，不使父母操心，就是孝。孔子的父母虽然都死得早，但是，他说过："天之所生，地之所养，无人为大。父母全而生之，子全而归之，可谓孝矣。"（《礼记·祭义》）这实际上是劝人要爱惜自己，爱自己，才能推己及人，对别人好。

孟子曰："拱把之桐梓，人苟欲生之，皆知所以养之者。至于身，而不知所以养之者，岂爱身不若桐梓哉？弗思甚也。"

《孟子·告子上》

注释

拱：两只手掌的跨度围成一个圆。
把：一只手的跨度。

桐梓：桐树和梓树。

赏析

一两把粗的桐树和梓树，人如果想让它生长，都知道怎么去培养。至于自己的身体，却不知道怎么去养护，难道是爱自己不如爱树吗？太不会思考问题了。

注释

四体：四肢。

一意抟心：使心意专一。抟，通"专"。

淫：过度。

知：通"智"。
慢：怠慢。
易：轻忽。

疾困：疾病困顿。
思之二句：思考问题不知停息，则内心困苦，外物迫压。薄，压迫。

蚤：通"早"。
图：考虑。
生将巽舍：生命将离开身体。巽，离开。舍，宿舍，指身体。
食莫若无饱：吃饭不能吃太饱。
致：至极，到极点。
节适：调适。
之：达到。
齐：中和。
彼：指思虑的事情。
精：精气。
形：形体。

sì tǐ jì zhèng，xuè qì
四体既正，血气
jì jìng，yí yì zhuān xīn，ěr
既静，一意抟心，耳
mù bù yín，suī yuǎn ruò jìn。
目不淫，虽远若近。
sī suǒ shēng zhì，màn yì shēng
思索生知，慢易生
yōu。bào ào shēng yuàn，yōu yù
忧。暴傲生怨，忧郁
shēng jí，jí kùn nǎi sǐ。sī
生疾，疾困乃死。思
zhī ér bù shě，nèi kùn wài
之而不舍，内困外
bó。bù zǎo wèi tú，shēng jiāng
薄。不蚤为图，生将
xùn shè。shí mò ruò wú bǎo，
巽舍。食莫若无饱，
sī mò ruò wù zhì，jié shì zhī
思莫若勿致，节适之
qí，bǐ jiāng zì zhì。fán rén
齐，彼将自至。凡人
zhī shēng yě，tiān chū qí jīng，
之生也，天出其精，
dì chū qí xíng，hé cǐ yǐ wéi
地出其形，合此以为

人；和乃生，不和不生。察和之道，其精不见，其征不丑。平正擅匈，论治在心，此以长寿。忿怒之失度，乃为之图：节其五欲，去其二凶。不喜不怒，平正擅匈。凡人之生也，必以平正；所以失之，必以喜怒忧患。是故止怒莫若诗，去忧莫若乐，节乐莫若礼，守礼莫若敬，守敬莫若静。

和：调和。

其精二句：精气不外现，征验也不可比况言说。丑，比拟，相当。

擅：占据。
匈：通"胸"。
论治：判断事物的标准。
忿怒：当作"喜怒"。

五欲：眼、耳、鼻、口、心的欲望。

二凶：指喜怒失度。

节乐：节制快乐。

nèi jìng wài jìng　　néng fǎn qí xìng
内静外敬，能反其性，
xìng jiāng dà dìng
性将大定。

《管子·内业》

赏析

这一段话讲了两个方面：一是心志要专一，但是不能使用过度。二是要善于调和欲望与情绪，诗可以制止忿怒，音乐可以去除忧虑，礼可以节制快乐，内心安静，外表恭敬，人的心胸就会平正，能够保持健康的心情和身体。

注释

大充：太饱。大，通"太"。
伤：有伤害。
形：形体。
臧：有益。
大摄：太少。
摄：节制。
血沍：血液凝滞，运转不畅。沍，凝滞。
舍：居住。

图：想办法。
饱则二句：过饱就赶快做点运动，过饿就宽缓思虑。广，宽缓。
老则长虑：老了就要多动动脑筋。

fán shí zhī dào　　tài chōng
凡食之道，大充，
shāng ér xíng bù zāng　　tài shè　gǔ
伤而形不臧；大摄，骨
kū ér xuè hù　　chōng shè zhī jiān
枯而血沍。充摄之间，
cǐ wèi hé chéng　　jīng zhī suǒ shè
此谓和成，精之所舍，
ér zhī zhī suǒ shēng　jī bǎo zhī shī
而知之所生。饥饱之失
dù　　nǎi wèi zhī tú　　bǎo zé jí
度，乃为之图：饱则疾
dòng　　jī zé guǎng sī　　lǎo zé cháng
动，饥则广思，老则长
lǜ　　bǎo bù jí dòng　　qì bù tōng
虑。饱不疾动，气不通

于四末；饥不广思，饱而不废；老不长虑，困乃遬竭。大心而敞，宽气而广，其形安而不移。能守一而弃万苛，见利不诱，见害不惧，宽舒而仁，独乐其身，是谓云气，意行似天。

《管子·内业》

四末：指四肢。
废：消化。
困：疲困。
遬：即"速"。
竭：身心衰竭。
敞：敞开。
移：变化。
守一：守住元气。
苛：病，通"疴"。
诱：受诱惑。
云气：就好像云气一样自在。
意行似天：意志精神就好像在天上运行。

赏析

　　这一段是讲健康的饮食。饮食之道，太饱了，就会对身体有伤害，对形体也没有好处；太饿了，就会筋骨枯损，血液凝滞。在饱与饿之间，这叫"和成"，是精气所居，智慧所生的状态。饥饱失度，就要想办法解决：太饱就赶快做点运动，太饿就要暂缓思虑，衰老就要动动脑子。饱而不动，气脉就不能通达到四肢；饿而不缓思，吃进去的东西也不能消化；衰老而不勤于思考，身心会困苦，迅速衰竭。放宽心胸，敞开它，舒张精气，扩充它，形体安定不变化，就能守住元气而除百病。见到利益不受诱惑，见到祸害而不畏惧。宽舒而仁爱，自得其乐，这叫"云气"，意志精神就好像运行在天上一样自由自在。

注释

起居：作息。
时：按时。
节：节制。
适：适中。

益：增加。

起居时，饮食节，寒暑适，则身利而寿命益。起居不时，饮食不节，寒暑不适，则形体累而寿命损。人惰而侈

力：努力。

则贫，力而俭则富。物

虚至：凭空而至。
以：原因。

莫虚至，必有以也。故曰："寿夭贫富，无徒归

徒归：凭空降临。

也。"

《管子·形势解》

赏析

　　有因必有果，有果必有因，平时养成什么样的习惯，就会有什么样的结果。世上的事没有凭空到来的，都是有原因的。长寿还是短命，富贵还是贫穷，都是人自己的行为招致的结果。

故阴阳四时者，万物之终始也，死生之本也。逆之则灾害生，从之则苛疾不起，是为得道。道者，圣人行之，愚者佩之。从阴阳则生，逆之则死；从之则治，逆之则乱。反顺为逆，是为内格。是故圣人不治已病治未病，不治已乱治未乱，此之谓也。夫病已成而后药之，乱已成而后治之，

注释

苛疾：重病。

佩之：佩带，用作装饰。

格：中医术语，一种脉象，阻格不通。

斗：打斗。

锥：铁锤，这里泛指兵器。

譬犹渴而掘井，斗而铸锥，不亦晚乎！

《素问·四气调神大论》

赏析

我国古代有一部著名的医书，叫作《黄帝内经》，它由两部分构成：一是《灵枢经》，一是《素问》。《素问》是中医的经典文献。圣人不治已病治未病，不治已乱治未乱，凡事防患于未然。中医讲究养，养的根本就是顺应阴阳四时，顺应天地的变化。治已经是不得已而为之的下策了。

注释

户枢：门的转轴。

蝼：蝼蚁，指生虫子。

精：精气。

郁：郁结。

流水不腐，户枢不蝼，动也。形气亦然。形不动，则精不流；精不流，则气郁。

《吕氏春秋·尽数》

赏析

流动的水不会腐臭，常转动的门轴不会被虫蛀，是由于不断运动的缘故。人的身体和精气也是这样。身体不活动，精气就不通畅；精气不通畅，心气就郁积，病由此起。

天地之道，至纮以大，尚犹节其章光，爱其神明。人之耳目，曷能久熏劳而不息乎？精神何能久驰骋而不既乎？

《淮南子·精神》

注释

纮：通"宏"，宏大，广大。
尚：尚且。
节：节制。
章光：光华。
爱：爱惜。
熏："勤"字之误。
息：停止。
既：尽。

赏析

天地之道，在循环不已，有盈必有亏，有消必有长。人的精力是有限的，应当懂得合理地使用，一张一弛。

凡生之长也，顺之也。使生不顺者，欲也，故圣人必先适欲。

《吕氏春秋·重己》

注释

适：调适。

赏析

凡是长寿的人，都是顺应了生命的规律。不顺应生命规律的是欲望，所以圣人一定要先节制欲望。

注释

自取：自己招致。
居处：作息。
理：调理。
节：节制。
佚：享乐。
劳：劳苦。
病共杀之：各种疾病一起把他杀死。

厌：满足。
求索：索取。

刑：刑罚。

忿：忿恨。

兵：武器。

哀公问孔子曰："有智者寿乎？"孔子曰："然。人有三死而非命也者，自取之也。居处不理，饮食不节，佚劳过度者，病共杀之。居下而好干上，嗜欲无厌，求索不止者，刑共杀之。少以敌众，弱以侮强，忿不量力者，兵共杀之。故有三死而非命者，自取之也。"

《韩诗外传·卷一》

赏析

古人相信人的寿命是一定的，这是命。但是很多人活不到这个寿限，因为贪欲太多，忿怒太多。所谓"死于非命"，就是这个意思。

广陵吴普、彭城樊阿皆从佗学。普依准佗治，多所全济。佗语普曰："人体欲得劳动，但不当使极耳。动摇则谷气得消，血脉流通，病不得生，譬犹户枢不朽是也。是以古之仙者为导引之事，熊颈鸱顾，引挽腰体，动诸关节，以求难老。吾有一术，名五禽之戏，一曰虎，二曰鹿，三曰熊，四曰

注释

广陵：今扬州。
彭城：今徐州。
依准佗治：依照华佗的方法治病。
依准：依照。
全：保全。
济：痊愈。
劳动：运动。
极：极限。
谷气：五谷之气。
朽：腐烂。
导引：导气引体。
熊颈：颈当作"经"，悬挂，模仿熊的动作悬挂在树上。
鸱：猫头鹰。
顾：回头。
引挽：拉伸。
难老：不老，这里指长寿。

猿，五曰鸟，亦以除疾，并利蹄足，以当导引。体中不快，起作一禽之戏，沾濡汗出，因上著粉，身体轻便，腹中欲食。"普施行之，年九十余，耳目聪明，齿牙完坚。

并利蹄足：也可以使腿脚利索。
利：利索。

沾濡：汗沾湿衣服。
因：于是。

粉：爽身粉。

《三国志·魏书·华佗吴普樊阿传》

赏析

　　这里记载的是著名的华佗五禽戏，模仿五种动物的动作，活动筋骨。大概可以算我国最早的体操了。五禽戏的原理是通过适量的活动，使血脉流通，就好像户枢不蠹。

神仙之事，未可全诬；但性命在天，或难钟值。人生居世，触途牵絷：幼少之日，既有供养之勤；成立之年，便增妻孥之累。衣食资须，公私驱役；而望遁迹山林，超然尘滓，千万不遇一尔。加以金玉之费，炉器所须，益非贫士所办。学如牛毛，成如麟角。华山之下，白骨如莽，何有可遂之

注释

诬：抹杀。
但：只是。
钟值：遭逢。
触途：处处。
牵絷：受羁绊。
供养：供养父母的辛苦。
勤：辛苦。
成立：成家立业。
妻孥：妻子儿女。
资须：维持生计的必需品。
公私驱役：为公私之事所驱遣服役。
遁迹山林：隐居山林。
尘滓：指俗世。
千万不遇一：千万人里面碰不到一个。
金玉二句：这是指修炼神仙之术，炼丹药所需用的金玉、炼丹炉等各种必需品。
办：置办。
学如二句：如果学习神仙之术的人就好像牛毛那么多的话，学成的就好像麟角那么少。
遂：成功。

内教：佛教。

理？考之内教，纵使得仙，终当有死，不能出世，

汝曹：你们。

不愿汝曹专精于此。若其爱养神明，调

神明：精神。

慎节：小心节制。
均适：调节适应。

护气息，慎节起卧，均适寒暄，禁忌食饮，将

寒暄：寒暖。
将饵：服食。
遂：达成。
禀：禀赋。

饵药物，遂其所禀，不

无间：没有非议。

为夭折者，吾无间然。

世务：日常的事务。

诸药饵法，不废世务

庾肩吾：南朝梁文学家。

也。庾肩吾常服槐实，年七十余，目看细字，

髯：胡须。
邺：今河北临漳西南，曹魏发迹于此。

髯发犹黑。邺中朝士，有单服杏仁、枸杞、黄

精、术、车前，得益者甚多，不能一一说尔。吾尝患齿，摇动欲落，饮食热冷，皆苦疼痛。见《抱朴子》牢齿之法，早朝叩齿三百下为良；行之数日，即便平愈，今恒持之。此辈小术，无损于事，亦可修也。凡欲饵药，陶隐居《太清方》中总录甚备，但须精审，不可轻脱。近有王爱州在邺学服松

黄精：芝草一类的中药。
术：草名，属菊科。
车前：草名。

患齿：有牙病。

《抱朴子》：晋葛洪著，道教文献。

早朝：早晨。

平愈：平复痊愈。

恒：一直。
辈：类。

修：修习。

陶隐居：指陶弘景，南北朝时著名的道士。
总录：汇总记录。
备：详备。
轻脱：轻佻。

节度：法度。

脂，不得节度，肠塞而死，为药所误者甚多。

《颜氏家训·养生》

赏析

神仙之事，很多人大概一听就斥为虚妄，但是南北朝时此风特盛，上层知识分子为此道者甚多，颜之推也难以幸免。不过，颜之推还是表现了智者的态度，他看重的是其中可以养生的部分，不完全是那些成仙之类的事情。炼丹，吃草药，很多是对身体有益的，只要把握住一定的度，就可以延年益寿。至于调节呼吸，节制饮食，适应冷暖等，更是健康的基本要求，人人都应注意。

达 观

　　达观是一种人生智慧。达观不是逃避现实,实行鸵鸟政策,而是对社会人生的一种更理性、更高层次的思考。庄子鼓盆而歌,看似无情,却也在理。当然,我们不提倡庄子这种近乎极端的"行为艺术",但如何直面生死,庄子给我们提供了一种思路。

注释

恬淡：淡泊。
寂漠：空虚无物。
平：平正。

质：实质，核心。
休焉：在其中休息。

平易：平和谦逊。

天行：任自然而运动。
物化：与物同化。

同波：同流。

故：巧诈。

夫恬淡寂漠，虚无无为，此天地之平而道德之质也。故曰：圣人休焉，休则平易矣，平易则恬淡矣。平易恬淡，则忧患不能入，邪气不能袭，故其德全而神不亏。故曰：圣人之生也天行，其死也物化。静而与阴同德，动而与阳同波。不为福先，不为祸始，感而后应，迫而后动，不得已而后起。去知与故，循天之理。故无天灾，无物累，无人非，无鬼责。其生若浮，其死若休。不思虑，不豫谋。光矣而不耀，信矣而不期。其寝不梦，其觉无忧。其神纯粹，其魂不罢。虚无恬惔，乃合天德。故曰：悲乐者，德之邪也；喜怒者，道之过也；好恶者，德之失也。故心不忧乐，德之至也；一而不变，静之至也；无所于忤，虚之至也；不与

物累：外物的拖累。

浮：浮游，不固定。

休：休息。

期：约定日期。

罢：通"疲"，疲劳。
惔：通"憺"，淡泊。

无所于忤：无所抵触。
不与物交：不与外物交流。

无所于逆：无所违逆。	物交，淡之至也；无所于逆，粹之至也。故曰：形劳而不休则弊，精用而不已则劳，劳则竭。水之性，不杂则清，莫动则平；郁闭而不流，亦不能清；天德之象也。故曰：纯粹而不杂，静一而不变，惔而无为，动而以天行，此养神之道也。
粹：精粹。	
形劳：形体劳顿。	
精：精神。	
郁闭：堵塞。	
天德：自然。	
天行：犹言天道。	

《庄子·刻意》

赏析

　　恬淡虚无，守一不变，宁静纯粹，这是天德，也是得道者的品德。儒家和道家都讲究遵循天道，顺应自然，但是对于天道和自然的理解却大不相同。儒家重视人的作为，尽人事，听天命，道家则讲清虚无为，全性保真，去除一切人为的成分，把自身与自然完整地融为一体。儒家的哲学，是人生的指南，道家的哲学，是人生的艺术。

庄子妻死，惠子吊之，庄子则方箕踞鼓盆而歌。惠子曰："与人居，长子老身，死，不哭亦足矣，又鼓盆而歌，不亦甚乎！"庄子曰："不然。是其始死也，我独何能无概！然察其始而本无生；非徒无生也，而本无形；非徒无形也，而本无气。杂乎芒芴之间，变而有气，气变而有形，形变而有生。今又变而之死。是

注释

惠子：惠施。

方：正在。

箕踞：坐在地上，两腿叉开，这是很不雅的一种坐姿。

鼓盆：把盆当鼓敲。

与人居：和妻子同住人，这里指庄子妻。

长子老身：抚养孩子，自己老去。

足：足够。

甚：过分。

概：通"慨"，感慨哀伤。

芒芴：通"恍惚"，形容不可捉摸。

之：到。

行:运行。	相与为春秋冬夏四时行也。人且偃然寝于巨室,而我嗷嗷然随而哭之,自以为不通乎命,故止也。"
偃然:安息的样子。 巨室:指天地之间。	
嗷嗷然:哭声。	
通:通达。	

《庄子·至乐》

赏析

庄子鼓盆而歌,确实是特立独行,我们不能不服其达观。不过,作为人而言,这有点不近人情。晋代王衍说:"太上忘情,最下不及情,情之所钟,正在我辈。"不过悲伤过后,理智地看待生死,不失为一种健康的生活态度。

古人重视教子，并积累了许多经验。"孟母三迁"的故事是我们耳熟能详的，从中可以看到教子的重要性。相对于留给子孙以钱财，为子孙营造舒适的物质生活环境，古人更看重留给子孙有益的教导，让他们注重自身的品德修养，使他们得到良好的文化教育，"遗子黄金满籯，不如一经"（《汉书·韦贤传》），这对于我们现在也不乏指导和借鉴意义。

注释

厉:通"励"。

劝:鼓励。

贻:赠。

贤人智士之于子孙也,厉之以志,弗厉以诈;劝之以正,弗劝以邪;示之以俭,弗示以奢;贻之以言,弗贻以财。

《潜夫论·遏利》

赏析

爱子是人之常情,但怎么爱则大有学问。鼓励孩子立大志、走正道、尚俭朴,这是古人留给我们的宝贵经验。

注释

邹:战国时代邹国,今山东邹县。

孟轲:孟子名轲,字子舆。

舍:家。

嬉游:小孩玩耍。

墓间之事:指埋葬死人的事。

踊跃:热衷于。

筑埋:筑穴埋葬。

邹孟轲之母也,号孟母。其舍近墓。孟子之少也,嬉游为墓间之事,踊跃筑埋。孟母曰:"此非吾所以居处子。"乃去，舍市傍，其嬉戏为贾人衒卖之事。孟母又曰："此非吾所以居处子也。"复徙，舍学宫之傍，其嬉游乃设俎豆揖让进退。孟母曰："真可以居吾子矣。"遂居之。及孟子长，学六艺，卒成大儒之名。

《列女传·卷一》

处子：尚未成才的孩子。
去：离开。
傍：通"旁"，旁边。
贾人：商人。
衒卖：叫卖。
复徙：又搬家。
学宫：学校。
俎豆：古代祭祀时必备的食器，所以也泛指礼器。俎，切肉的砧板。豆，盛肉、酱等的食器。
揖让进退：行礼的动作。
六艺：指儒家的六部经典，《诗》《书》《礼》《乐》《易》《春秋》。

赏析

孟母是古代教子有方的杰出代表，她注意到了生活环境对孩子成才的影响。为了给孟子找一个适合学习的地方，不怕麻烦，搬了三次家，才安定下来，她真是一位有眼光的母亲。"孟母三迁"的故事，从此也广为流传。《三字经》中也说："昔孟母，择邻处，子不学，断机杼。"孟子小时候家贫，母亲靠织布度日。孟子有次逃学回家，孟母很生气，将织布机的梭子弄断，告诉孟子，学习如同织布，梭子断了，布就不能织了。所以要坚持学习，不能半途而废。要日积月累才能成功。孟子很受触动，从此努力向学，终于成为一位伟大的思想家。

含英咀华，
　　体悟真善美

龟虽寿

曹操

神龟虽寿，犹有竟时；
腾蛇乘雾，终为土灰。
老骥伏枥，志在千里；
烈士暮年，壮心不已。
盈缩之期，不但在天；
养怡之福，可得永年。
幸甚至哉！歌以咏志。

注释

竟：终了。

腾蛇：古代传说中一种能乘雾而飞的蛇。

骥：一日能行千里的良马。

枥：马槽。

烈士：古代指怀有雄心壮志的人，和今天的含义有很大区别。

已：停止。

盈缩：指寿夭。盈，长。缩，短。

养怡：保养身心健康。

赏析

《庄子·秋水篇》："吾闻楚有神龟，死已三千岁矣。"龟的寿命很长，古人常将它作为长寿动物的代表。

腾蛇本领似龙，也是神物。但神物也都难免一死，可见生命有限乃是自然规律。

第三句自比老马，虽形老体衰，然老当益壮，仍有驰骋千里的豪情。烈士之壮心，可比老马之"志在千里"。

寿命之长短虽不能违背客观规律，但也并不完全听凭上天安排。曹操之意不仅在无为静养，更强调保持积极精神，与天奋斗。言命运可以自己争取。

饮酒（其五）

陶渊明

结庐在人境，而无车马喧。
问君何能尔？心远地自偏。
采菊东篱下，悠然见南山。
山气日夕佳，飞鸟相与还。
此中有真意，欲辨已忘言。

注释

结庐：构室，建造房屋。

尔：如此。
偏：偏僻。

南山：指庐山。

山气：山间云气。
相与：结伴。

赏析

作者虽居人间却无世俗交往，与常人异趣。非"无车马喧"，己不闻不见耳。地之喧与偏，取决于心之近与远，所谓心不滞物，极富理趣。

第三句"见"字极佳，如用"望"则不够悠然。"见"有一种忽然发现的喜悦。

第四句写诸般景物似在心中。

《庄子》云："得意而忘言"，盖诗人所谓"真意"者，即一"还"字，飞鸟知还，人亦当知。返归于自然，方为自由之人生。

归园田居

陶渊明

注释

韵：情趣，风度。

尘网：官府的生活污浊又拘束，就像尘网，这里指仕途。

羁：束缚。

荫：遮覆。

罗：排列。

暧暧：横糊不清。
依依：隐约可辨貌。
墟里：村落。

虚室：内心。
樊笼：关鸟兽的笼子，此处比喻仕途。

少无适俗韵，性本爱丘山。
误落尘网中，一去三十年。
羁鸟恋旧林，池鱼思故渊。
开荒南野际，守拙归园田。
方宅十余亩，草屋八九间；
榆柳荫后檐，桃李罗堂前。
暧暧远人村，依依墟里烟；
狗吠深巷中，鸡鸣桑树巅。
户庭无尘杂，虚室有余闲。
久在樊笼里，复得返自然。

渡汉江

宋之问

岭外音书断，
经冬复历春。
近乡情更怯，
不敢问来人。

注释

汉江：汉水。

岭外：岭南，泛指两广地区。

赏析

自己贬居岭南之状况，看似平平，然前两句中"断""复"二字可见时空隔绝使得度日如年。

行至汉水其实离家尚远，第三句却言"近"，足见归乡"情切"。然下反言"情怯"，矛盾一也。

第四句由盼"音书"到"不敢问"，害怕有什么不好的消息，矛盾二也。最后两句真切细致地写出了久离家乡者的内心冲突。杜甫《述怀》有句云："自寄一封书，今已十月后。反畏消息来，寸心亦何有！"亦与此类似。

左迁至蓝关示侄孙湘

韩愈

一封朝奏九重天,
夕贬潮州路八千。
欲为圣明除弊事,
肯将衰朽惜残年!
云横秦岭家何在?
雪拥蓝关马不前。
知汝远来应有意,
好收吾骨瘴江边。

注释

左迁:古代贵右贱左,左迁犹言贬官。

蓝关:即蓝田关,在今陕西蓝田县南。

湘:韩湘,韩愈之侄韩老成的长子。

九重天:朝廷深宫,此处借指皇帝。

潮州:今广东潮安。距京城长安有八千里之遥。

圣明:圣主明君,此指宪宗。

弊事:有害的事,此指迎佛骨之事。

肯:岂肯,哪能。

秦岭:终南山,此指回顾京城,云横不见家。

拥:阻塞。

瘴江:泛指岭南河流,旧时常说岭南多瘴气,人碰上要生病。

赏析

诗人于元和十四年(819)因谏迎佛骨,触怒宪宗,贬潮州刺史,所以有"朝奏""夕贬",从中可知其获罪何其迅速。

茅屋为秋风所破歌

杜甫

八月秋高风怒号，卷我屋上三重茅。茅飞渡江洒江郊，高者挂罥长林梢，下者飘转沉塘坳。

南村群童欺我老无力，忍能对面为盗贼。公然抱茅入竹去，唇焦口燥呼不得，归来倚杖

赏析

起势迅猛。一"怒"字，使秋风拟人化，富有感情色彩。"卷"，亦见风势强。茅草高挂，难以取回。茅草沉水，不复能用。诗人以一连串动作紧扣读者视线，风吹茅草之情态历历在目，诗人怨愤焦灼之情从而得到展现。

"老无力"三字极沉痛。
群童欺老，无可奈何。

注释

茅屋：指的是成都近郊的浣花草堂，上元元年（760）诗人入蜀后所建。

挂罥：挂住，挂结。
塘坳：低洼积水处。

> 茅飞过江，诗人欲拾回，却被群童所欺。"自"字见诗人之孤独无助。

自叹息。

> 浓墨描绘黯淡景色，正与诗人被欺的愁惨心境相合。

俄顷风定云墨色，秋天漠漠向昏黑。布衾

> 由"多年"可见一向清贫。

多年冷似铁，娇儿恶卧

> 此二句非有亲身体验不能写出，于穷困之状入木三分。

踏里裂。床头屋漏无干

> 茅屋为秋风所破，故为"屋漏"。

处，雨脚如麻未断绝。

> 因"屋漏无干处"而"长夜沾湿"。因"未断绝"而"何由彻"，前后相贯。

自经丧乱少睡眠，长夜沾湿何由彻！

> 写屋漏连遭夜雨。诗人由自身遭遇想及国事，因此有下文的推己及人，恰是水到渠成。

安得广厦千万间，

> 三句蝉联而下，选词如"广""千万""大"等更见作者心为天下的阔达胸怀。

大庇天下寒士俱欢颜，风雨不动安如山？

俄顷：不久。
恶卧：卧时不安静，胡蹬乱踢。
丧乱：战乱，指安史之乱。
彻：达，天明。
安得：如何能得到怎么能。
庇：覆盖。

呜呼！
何时眼前突兀见此屋，
吾庐独破受冻死亦足！

含英咀华，体悟真善美

舍小己而换众生幸福，诗人胸襟之博大，理想之崇高，令人钦服。诗人由一己之痛苦推及天下寒士之痛苦，表现其忧国忧民之情。

突兀：高耸貌。

见：通"现"。

小儿诗

路德延

情态任天然，桃红两颊鲜。
乍行人共看，初语客多怜。
臂膊肥如瓠，肌肤软胜绵。
长头才覆额，分角渐垂肩。
散诞无尘虑，逍遥占地仙。
排衙朱阁上，喝道画堂前。
合调歌杨柳，齐声踏采莲。

小儿无闻于世事，故常自比仙人。

故作成人态。
李白《赠汪伦》："李白乘舟将欲行，忽闻岸上踏歌声。"

注释

怜：怜爱。
瓠：植物名。果实呈长条形者称瓠瓜；短颈大腹者称瓠芦，今称葫芦。
胜：超过。
头：头发。
角：古代男孩头顶两侧所留头发。《礼记·内则》："男角女羁。"
散诞：放纵不拘的样子。

占：位居。
杨柳：即《杨柳枝》，唐代乐府曲名。也称《柳枝》。
踏：即踏歌，唐代盛行的民间舞蹈，方式为踏足而歌。
采莲：即《采莲曲》，汉乐府旧题，唐人多有继作。

走堤行细雨，奔巷趁轻烟。
嫩竹乘为马，新蒲折作鞭。
莺雏金镞系，猫子彩丝牵。
拥鹤归晴岛，驱鹅入暖泉。
杨花争弄雪，榆叶共收钱。
锡镜当胸挂，银珠对耳悬。
头依苍鹘裹，袖学柘枝搴。
酒嗲丹砂暖，茶催小玉煎。
频邀筹箸插，时乞绣针穿。

烟雨中嬉戏，成人不为，而小儿自乐之。
李白《长干行》云："郎骑竹马来，绕床弄青梅。"
自此句以下，多提及儿童游戏。
四句写与动物嬉戏。

杨花即柳絮，飘浮似白雪。
当胸挂镜，以避邪也。
由于苍鹘扮演的是儿童角色，孩子们很乐于模仿他。

绣针自是女工，小儿痞赖如此。

蒲：木名。蒲柳，即水杨。
镞：转轴。
榆：木名。叶卵形，称榆荚或榆钱。
苍鹘：唐代参军戏的角色名称，它扮演的是童仆，为配角，头扎鬏角，身着敝衣，受主角参军的呵斥指使。或许该角色的发型和衣着跟一种叫苍鹘的猛禽有相似之处，所以称作苍鹘。

柘枝：即《柘枝舞》，西域传入中原的一种舞蹈。初为女子独舞，后发展成双人舞。
搴：将袖子捋起。
酒嗲：即嗲酒。嗲，迷恋。
小玉：传为吴王夫差之女。白居易《长恨歌》有句云："转教小玉报双成"。
筹：古代计算或计数用的竹码类用具。

小儿欲作参军戏,故此处言其装束,以见小儿顽劣。 不尊圣贤。	宝篋拿红豆, 妆奁拾翠钿。 戏袍披按褥, 劣帽戴靴毡。 展画趋三圣, 开屏笑七贤。
"小""圆"二字通俗而得当。	贮怀青杏小, 垂额绿荷圆。
陆游《春愁曲》:"蜀姬双鬟娅姹娇。" "药"即上所言之"丹砂"。	惊滴沾罗泪, 娇流污锦涎。 倦书饶娅姹, 憎药巧迁延。 弄帐鸾绡映, 藏衾凤绮缠。 指敲迎使鼓, 筋拨赛神弦。
帘钩弯曲作鱼状。	帘拂鱼钩动, 筝推雁柱偏。

箸:筷子。
篋:小箱。
妆奁:女子梳妆镜匣。
钿:花钿。古代妇女首饰,贴在鬓际。
褥:坐卧的垫具。
三圣:指孔子、墨子和老子三位古代贤人。
七贤:晋代的阮籍、嵇康、山涛、刘伶、阮咸、向秀和王戎号称"竹林七贤"。

贮:藏,放。
涎:口水。
娅姹:娇媚多姿貌。
迁延:推脱、退却貌。
赛神:即迎神赛会,以鼓乐仪仗和杂戏等迎神出庙,酬神祈福。
雁柱:指筝面上承弦的柱,因参差斜列如雁行,故称"雁柱"。

棋图添路画，笛管欠声镌。　　乐器雕琢不精，故音色有所欠缺。
恼客初酣睡，惊僧半入禅。　　入夜仍纵乐，连酣睡之客、入定之僧也被惊醒，可见小儿恼人。
寻蛛穷屋瓦，探雀遍楼椽。
抛果忙开口，藏钩乱出拳。
夜分围榾柮，朝聚打秋千。　　"朝""夜"不停，足见小儿乐而忘返之态。
折竹装泥燕，添丝放纸鸢。
互夸轮水碓，相教放风旋。　　此处"轮水碓"当指牵引风筝线之轮轴。
旗小裁红绢，书幽截碧笺。　　言裁旗帜为绢帕。言截书为便笺。"蝇"不专指苍蝇，而是泛指各类飞虫。
远铺张鸽网，低控射蝇弦。
呫语时时道，谣歌处处传。

镌：凿；雕刻。
入禅：入定。
穷：穷尽。
椽：承托屋面板和瓦片的圆形木条。
抛果：古代游戏，用口接掷出的果子。
藏钩：古代游戏。由某人先将一小钩或其他小物件置一人的手中，众人猜在谁的哪只手里，猜中者为胜。
榾柮：短木。
纸鸢：风筝。
碓：舂米器。
笺：精美的小幅纸张，用以题咏或写书信。
呫：多言。

匿窗眉乍曲，遮路臂相连。
斗草当春径，争球出晚田。
柳傍慵独坐，花底困横眠。
等鹊前篱畔，听蛩伏砌边。
傍枝粘舞蝶，隈树捉鸣蝉。
平岛夸趫上，层崖逞捷缘。
嫩苔车迹小，深雪履痕全。
竞指云生岫，齐呼月上天。
蚁窠寻径劚，蜂穴绕阶填。

困则眠，即上所谓之"情态任天然"。

"伏"字见小儿之专注。
树枝缠绕蛛丝以黏粘蝴蝶。

小儿骄逞。

看云、月升起，也兴奋不已。
两句写小儿神情最为传神。
顽皮。

匿：躲藏。
遮：阻塞。
斗草：古代游戏，指互相比较所采集花草的种类、数量；也指用草撕拉，比较韧性。
慵：懒。
蛩：蟋蟀。
砌：台阶。

隈：本指山、水弯曲处，此处活用为动词，指躲在角落处。
趫：敏捷，矫健。
缘：攀缘。
履：鞋。
岫：洞穴；岩穴。
窠：鸟兽昆虫的巢穴。
劚：挖，掘。

樵唱回深岭，牛歌下远川。
垒柴为屋木，和土作盘筵。
险砌高台石，危跳峻塔砖。
忽升邻舍树，偷上后池船。
项橐称师日，甘罗作相年。
明时方任德，劝尔减狂颠。

与王维诗句"渔歌入浦深"有异曲同工之妙。
写手巧。
开头至此，叙小儿情状确切传神，自为不可多得的佳作，宜乎传唱至今。

后四句归于劝说。
以古代贤童为比，欲小儿仿效。
旨在劝慰小儿以德行为首，自为约束。

和：在粉状物中加水揉弄，使有黏性。
项橐：亦称项托，春秋时人。《列子》记载，项橐七岁时三难孔子，孔子不能答，因拜为帅。
甘罗：战国时期楚国人。十二岁于秦相吕不韦手下当食客，后出使赵国，未用一兵一卒，使秦国得到大片土地。因功被秦王封为上卿。

嘲稚子

杨万里

雨里船中不自由，
无愁稚子亦成愁。
看渠坐睡何曾醒，
及至教眠却掉头。

赏析

成人之愁，往往是生老病死之愁，而此刻诗人的孙子却因被雨困在船中不能玩耍而发愁。

儿童之愁与成人之愁实有极大差别。

或坐或睡，似坐似睡。稚子情态，历历在目。

儿童乐于运动，在嬉戏中散发生命之活力，感受生活的欢乐。

诗人细心观察稚子，看似嘲笑，实则是向儿童学习，学习他们乐观少愁的天性。

注释

嘲：嘲笑。
稚子：此指诗人的孙子。
渠：代词，他。
教：使，令，让。

江城子·密州出猎

苏轼

老夫聊发少年狂，
左牵黄，右擎苍。
锦帽貂裘，
千骑卷平冈。
为报倾城随太守，
亲射虎，看孙郎。

酒酣胸胆尚开张，

赏析

老当益壮也。

鹰和狗，古时打猎常用于追捕猎物。《梁书·张充传》："值充出猎，左手臂鹰，右手牵狗。"

"锦帽貂裘"本指汉羽林军所服，此指随从将士的服装。

"千骑"，夸张语，谓人马众多。"卷"字极为传神，极写猎队将士策马飞驰，席卷山岗的浩大气势。

自我形象的特写，并巧妙地以孙权自比，肯定了自己的政绩与民心所向。

注释

江城子：词牌名。亦称"江神子"、"水晶帘"。
密州：今山东诸城。
聊：姑且，暂且。
狂：狂情，即豪兴。
黄：黄狗。
擎：举，驾。
苍：苍鹰。

为报：传言，或谓"为我通报"。
太守：作者自指。宋时知州的职权相当于汉代的太守。
孙郎：孙权，《三国志·吴书·吴主传》"（建安）二十三年十月，权将如吴，亲乘马射虎……"，此处作者自比孙权。
尚：更。

进一步表现自己的狂情狂态,豪情满怀。

《史记·冯唐列传》载汉文帝时,魏尚为云中太守,守边有方,因故被削职。后冯唐代为辩白,汉文帝即派冯唐"持节"赦免魏尚。

苏轼此时因反对王安石新法被排挤,故以魏尚自比,希望得到朝廷的信任和重用。

以西北之"天狼"比喻辽与西夏。两国时常侵犯北宋,作者满怀爱国豪情,渴望驰骋疆场英勇杀敌。

<ruby>鬓<rt>bìn</rt></ruby><ruby>微<rt>wēi</rt></ruby><ruby>霜<rt>shuāng</rt></ruby>,<ruby>又<rt>yòu</rt></ruby><ruby>何<rt>hé</rt></ruby><ruby>妨<rt>fáng</rt></ruby>。
<ruby>持<rt>chí</rt></ruby><ruby>节<rt>jié</rt></ruby><ruby>云<rt>yún</rt></ruby><ruby>中<rt>zhōng</rt></ruby>,
<ruby>何<rt>hé</rt></ruby><ruby>日<rt>rì</rt></ruby><ruby>遣<rt>qiǎn</rt></ruby><ruby>冯<rt>féng</rt></ruby><ruby>唐<rt>táng</rt></ruby>?
<ruby>会<rt>huì</rt></ruby><ruby>挽<rt>wǎn</rt></ruby><ruby>雕<rt>diāo</rt></ruby><ruby>弓<rt>gōng</rt></ruby><ruby>如<rt>rú</rt></ruby><ruby>满<rt>mǎn</rt></ruby><ruby>月<rt>yuè</rt></ruby>,
<ruby>西<rt>xī</rt></ruby><ruby>北<rt>běi</rt></ruby><ruby>望<rt>wàng</rt></ruby>,<ruby>射<rt>shè</rt></ruby><ruby>天<rt>tiān</rt></ruby><ruby>狼<rt>láng</rt></ruby>。

节:传达命令的符节。
云中:汉代郡名,今内蒙古托克托县一带,包括山西西北一部分地区。
冯唐:汉文帝时曾任郎官,曾奉旨赦免云中太守魏尚。
会:会当,定将。
雕弓:弓背上雕有花纹,故称"雕弓"。
天狼:星名,一称犬星,旧说主兵事。

临江仙（滚滚长江东逝水）

杨慎

滚滚长江东逝水，
浪花淘尽英雄。
是非成败转头空。
青山依旧在，
几度夕阳红。

白发渔樵江渚上，
惯看秋月春风。
一壶浊酒喜相逢。

赏析

大处着笔，切入历史的洪流。

同于苏轼的"大江东去，浪淘尽，千古风流人物"。历史如江水，古今英雄与之相较，也甚为渺小了。

历史充满矛盾，前此为是，后日未必不为非，何必斤斤计较？表现出人生观的超脱。

物是人非，只有青山在见证着历史。

老翁正是诗人的理想人物。

任它惊骇涛浪、是非成败，他只着意于春风秋月，但"惯"字又表现出一丝莫名的孤独与苍凉。

故友重逢，带来稍许安慰，不妨就在把酒谈笑间，固守一份宁静与淡泊。

注释

临江仙：原为唐代教坊曲名，后为词牌名。这首词本为杨慎所做《廿一史弹词》第二段《说秦汉》的开场词，后毛宗岗父子评刻《三国演义》时将其放在卷首。
淘尽：荡涤一空。
渔樵：渔夫和樵夫。
渚：水中的小块陆地。

古今不过虚空一场，何必在意得失成败，但真正有几人能如此大彻大悟？

古今多少事，
都付笑谈中。

报任少卿书（节选）

司马迁

注释

摩：通"磨"。

唯倜傥非常之人称焉：只有卓越突出不平常的人物才被人所称颂。倜傥，卓越。非常，非同寻常。称，被称道。

文王拘而演《周易》：周文王被囚禁而推演出了《周易》。演，推演。

仲尼厄而作《春秋》：孔子遭受困厄而写出了《春秋》。厄，受灾难，受困苦。

屈原放逐，乃赋《离骚》：屈原被流放，便创作了千古名篇《离骚》。

左丘失明，厥有《国语》：左丘明双目失明，还写出《国语》。厥，句首语气词。

古者富贵而名摩灭，不可胜记，唯倜傥非常之人称焉。盖文王拘而演《周易》；仲尼厄而作《春秋》；屈原放逐，乃赋《离骚》；左丘失明，厥有

《国语》；孙子膑脚，《兵法》修列；不韦迁蜀，世传《吕览》；韩非囚秦，《说难》《孤愤》；《诗》三百篇，大氐贤圣发愤之所为作也。此人皆意有所郁结，不得通其道，故述往事，思来者。及如左丘明无目，孙子断足，终不可用，退而论书策，以舒其愤，思垂空文

孙子膑脚，《兵法》修列：孙子遭受膑刑，写出了《孙膑兵法》。膑脚，古代一种酷刑，挖掉膝盖骨。修列，编写整理。

不韦迁蜀，世传《吕览》：吕不韦虽贬往蜀地，却有《吕氏春秋》传世。

韩非囚秦，《说难》《孤愤》：韩非子被秦国囚禁，而《说难》《孤愤》问世。

大氐：大抵。氐，通"抵"。

发愤之所为作：抒发愤懑之情写出的作品。

此人皆意有所郁结：这些人都是内心有忧郁苦闷。郁结，忧郁苦闷。

不得通其道：不能够实现自己的崇高理想。

思来者：想让将来的人（了解自己）。

终不可用：最终不可能被国君任用。

退而论书策：从仕途中退下来通过写书论述自己的见解。

舒：抒发。

思垂空文以自见：想通过自己的著述流传后世表明自己的心迹。垂，流传。见，通"现"，表现。

以自见。仆窃不逊,近自托于无能之辞,网罗天下放失旧闻,略考其行事,综其终始,稽其成败兴坏之纪,上计轩辕,下至于兹,为十表,本纪十二、书八章、世家三十、列传七十,凡百三十篇。亦欲以究天人之际,通古今之变,成一家之言。草创未就,会遭此

仆窃不逊:我个人不够谦逊。

自托于无能之辞:把自己寄托在写些没有什么作用的文章之中。

网罗天下放失旧闻:搜集天下散失的各种历史资料。放失,到处散落、散失。失,通"佚"。

考其事:对那些往事加以考察。

稽其成败兴坏之纪:考察他们成功失败兴起消亡的规律。稽:考察。纪,纲纪,这里指规律。

欲以究天人之际:想通过此书探讨天意与人事之间的关系。究,探讨,探究。际,相互关系。

适会:正好碰上。

此祸:指司马迁为李陵投降匈奴事辩护而下狱受宫刑。

祸。惜其不成，是以就极刑而无愠色。仆诚已著此书，藏之名山，传之其人，通邑大都，则仆偿前辱之责，虽万被戮，岂有悔哉！然此可为智者道，难为俗人言也。

就极刑而无愠色：接受宫刑而没有怨恨的表情。就，走向，靠近。极刑，最重的刑罚，汉代宫刑等同死刑。愠色，怨恨的表情。

仆诚已著此书：我假如果真能写出这部书。

偿前辱之责：补偿以前受污辱的债。之，代"此书"。责，通"债"。指下狱受腐刑。

虽万被戮：即使遭受一万次杀身的惩罚。被，遭受。

赏析

"人固有一死，或重于泰山，或轻于鸿毛，用之所趋异也"，在此，太史公的确将孟子鱼与熊掌之论升华了。

"究天人之际，通古今之变，成一家之言"，雄哉壮也！斯人也，而有斯言也。

座右铭

崔瑗

无道人之短，无说己之长。施人慎勿念，受施慎勿忘。世誉不足慕，唯仁为纪纲。隐心而后动，谤议庸何伤？无使名过实，守愚圣所臧。在涅贵不淄，暧暧内含光。柔弱生之徒，老氏诫刚强。行行鄙夫介，悠悠故难量。慎

注释

施人慎勿念：给予别人恩惠千万不要老记在心里。施，施舍，给予恩惠。

世誉：世俗的荣誉。

唯仁为纪纲：只有"仁"才是做人的根本准则。纪纲，纲纪，指约束言行的规则。

隐心而后动：凡事要充分地估计自己的能力然后再行动。隐心，估量。

谤议庸何伤：别人的诽谤议论又能有什么伤害？庸，岂，哪里。

守愚圣所臧：保持朴实愚拙是圣人所赞扬的。守愚，保持愚拙，不虚伪狡诈。臧，赞扬。

在涅贵不淄：处在黑色染料中也不变黑，这是最可贵的。涅，黑色染料。淄，黑色，变为黑色。

暧暧内含光：心中有真才能但外表却并不显露。暧暧，昏暗不明的样子。

柔弱生之徒：保持柔弱特性，这是事物能够生存下去的那一类。

老氏诫刚强：老子告诫人们要处柔谦下，不要刚强。

行行鄙夫介：浅薄固执是那些没有见识的人表现出来的耿直。

介：耿介，不能灵活变通。

悠悠故难量：性情温和而不刚烈外露，所以别人对你难以估量。

言节饮食，知足胜不祥。行之苟有恒，久久自芬芳。

行之苟有恒：按以上所说去做，如果能持之以恒。
久久自芬芳：时间长了自然会产生很好的效果。

傅子·仁论

傅玄

古之仁人，推所好以训天下，而民莫不尚德；推所恶以诫天下，而民莫不知耻。或曰：耻者其至者乎？曰：未也。夫

推所好以训天下：推广自己向往的来教化天下之人。
好：喜欢。
恶：厌恶。
或：有的人。
耻者其至者乎：知耻的人能达到仁人那样的境界吗？

至者自然由仁，何耻之有？赴谷必坠，失水必溺，人见之也；赴阱必陷，失道必沈，人不见之也，不察之故。君子慎乎所不察。不闻大论，则志不宏；不听至言，则心不固。思唐虞于上世，瞻仲尼于中古，而知夫小道者之足羞也。相伯夷于首阳，省四皓于商山，

至者自然由仁：像古代仁人那样的人，他们的行为完全出自其仁的本性。
何耻之有：有什么羞耻呢？

沈：通"沉"。

慎乎所不察：对自己不了解的事物要慎重。

志不宏：志向不远大。
至言：最深刻的见解。
心不固：内心不稳定。
唐虞：传说中尧、舜建立的朝代。
知夫小道者之足羞也：就会知道仅仅明白那些浅薄道理的人应该感到羞愧。足羞，让人感到羞愧。
相伯夷于首阳：看一看伯夷宁肯饿死于首阳山而耻食周粟的行为。伯夷，古代的贤人。相，视。
省四皓于商山：考察一下秦时隐居于商山的四位年长德高的隐者。省，察看，检查。四皓，指秦末时为避乱而隐居于商山的东园公、甪（lù）里先生、绮里季、夏黄公四人。

而知夫秽志者之足耻也。存张骞于西极,念苏武于朔垂,而知怀闾室者之足鄙也。推斯类也,无所不至矣。德比于上,欲比于下。德比于上故知耻,欲比于下故知足。耻而知之,则圣贤其可几;知足而已,则固陋其可安也。

西极:西北,指我国的新疆及中亚一带。

朔垂:北方边疆。
知怀闾室者之足鄙也:知道那些只满足于个人小家庭生活的人,实在是让人鄙视。

德比于上:德行同高标准相比。
欲比于下:欲望同低标准相比。

耻而知之,则圣贤其可几:知耻就与圣贤靠近了。几,近。

桃花源记

陶渊明

晋太元中，武陵人捕鱼为业。缘溪行，忘路之远近。忽逢桃花林，夹岸数百步，中无杂树，芳草鲜美，落英缤纷。渔人甚异之。复前行，欲穷其林。

林尽水源，便得一山。山有小口，仿佛若有光，便舍船从口入。初极狭，才通人。复行

赏析

太元：东晋孝武帝年号（373—396）。
武陵：郡名，今湖南常德。
缘：循，沿。
颇有"山重水复疑无路，柳岸花明又一村"之趣。
无它树，故为桃源。写桃源之自然美，可视为仙境。

落英缤纷：落花纷繁貌。或解落花为始开之花，亦可。
异：以……为异，感到奇怪。
穷：穷尽，走完。

林尽水源：桃花林之尽头，正是溪水之源头。
水之源头伴随着美景，此一象征于后世诗词造境颇具影响。
通：通过。
"初""才"至"豁然"，视线自是开阔，心境更随之悠远。

数十步，豁然开朗。土地平旷，屋舍俨然，有良田美池桑竹之属。阡陌交通，鸡犬相闻。其中往来种作，男女衣着，悉如外人。黄发垂髫，并怡然自乐。

见渔人，乃大惊，问所从来。具答之。便要还家，为设酒杀鸡作食。村中闻有此人，咸来问讯。自云先世避秦时乱，率妻子邑人来此

> 桃源似仙境而无甚奇之一：耕作未有何异常处。
>
> 种作：耕作。
> 悉：全部。
> 桃源似仙境而无甚奇之二：人物装扮亦不特殊，不过稍具古朴之意。
> 黄发：指老人。
> 垂髫：指儿童。髫，儿童下垂的头发。
> "大惊"因久隔绝于外人。
>
> 具：全部。
> 要：通"邀"，邀请。
> 桃源之人情美。
>
> 咸：都。
>
> 问讯：打探消息。

绝境：与世人隔绝之地。	绝境，不复出焉，遂与外人间隔。问今是何世，乃不知有汉，无论魏晋。此人一一为具言
乃：竟然。 无论：更不要说。 忘却时代，忘却世事纷争。	
恍然隔世。	所闻，皆叹惋。余人各复延至其家，皆出酒食。停数日，辞去。此中人语云："不足为外人道也。"
亦写人性美。	
语：告诉（他）。 桃源之美，源于隔绝外人，外人若知而往，则仙境不存。	
扶：顺着。 向：先前的。 志：做标记。 诣：往，到。 志：名词，指先前所做的标志。	既出，得其船，便扶向路，处处志之。及郡下，诣太守，说如此。太守即遣人随其

往，寻向所志，遂迷，不复得路。南阳刘子骥，高尚士也。闻之，欣然规往。未果，寻病终。后遂无问津者。

刘子骥：名骥之，南阳（今河南南阳）人。
高尚士：此指隐士。
规：计划。
果：实现。
世俗之人本心不在"桃源"，自无意访求。
寻：不久。
问津：访求。用孔子使子路向长沮、桀溺问津事。

与朱元思书（节选）

吴均

风烟俱净，天山共色。从流飘荡，任意东西。自富阳至桐庐，一百许里，奇山异水，天

赏析

本篇以短札形式，描写富阳至桐庐一带秀丽的山水景物，为六朝山水小品之佳作。八字写秋景高爽，从大处落笔，境界自是阔远。悠闲惬意也。
富阳：今浙江杭州富阳。
桐庐：今浙江桐庐。两县相隔百余里，均在富春江边。
许：约计之辞。

八字总括风景之美，文眼在"山""水"二字。
以上总写山水。
缥碧：青白色。
四句写江水之静，突出其清澈明净的特点。

急湍：流得很急的水。
甚箭：甚于箭，比箭还要快。
两句写江水之动，以箭、马为喻，状其雄壮气势。

负势：恃势。势，山水的气势。
互相轩邈：彼此比较高远。轩，高。邈，远。
秋季树叶飘落，颜色转黄，呈现出寒冷萧瑟的景象，故谓之"寒树"。
以上六句写山势，妙在以动词将山活化。"争"和"指"与上之"竞"互相呼应，写山峰之高峻。
以下极力写大自然的各种声响，点缀生机。
泠泠：流水清脆声。
嘤嘤：鸟鸣声。
转：通"啭"，鸣。
鸢：鹰类猛禽。
唳：通"戾"，至。
《诗经·大雅·旱麓》："鸢飞戾天，鱼跃于渊。"古人以为是恶人远去，这里比喻追求名利者。

下独绝。水皆缥碧，千丈见底。游鱼细石，直视无碍。急湍甚箭，猛浪若奔。

夹岸高山，皆生寒树，负势竞上，互相轩邈，争高直指，千百成峰。泉水激石，泠泠作响；好鸟相鸣，嘤嘤成韵。蝉则千转不穷，猿则百叫无绝。鸢飞唳天者，望峰息心；经纶世务者，窥谷忘反。

山中与裴秀才迪书

王维

近腊月下，景气和畅，故山殊可过。足下方温经，猥不敢相烦，辄便往山中，憩感配寺，与山僧饭讫而去。北涉玄灞，清月映郭。夜登华子冈，

经纶：原指整理丝缕，引申为筹划、经营。
两句即景抒怀，融心于自然，后者的纯净涤荡了世间一切的功名利禄和由此产生的忧愁烦闷。
反：通"返"。

赏析

秀才：隋及唐初的取士科目名，后用为对文人的敬称。
裴迪：唐代诗人，早年曾与王维隐居终南山。
腊月：古代在农历十二月举行"腊祭"，所以称十二月为腊月。
景气：风景气候。
故山：旧山，此指辋川别墅所在的蓝田山。
过：过访，游览。
方：正在。
温经：温习经书。
猥：鄙贱，自谦之辞。
辄：于是。

饭讫：吃完饭。
后所呈现的景色皆在清月映照下，故静谧。

玄灞：玄黑色。灞，水名。陕西渭水支流，为关中八川之一。
华子冈：王维辋川别业中的一处胜景。

辋水：即辋川。
沦涟：水面的波纹。
视觉一。月泻水中，其影与波光相上下。
视觉二。清月照山，故有寒意；月光微弱，故远山灯火或明或灭。
听觉则均以动写静。犬吠夜舂。夜静则犬吠声大似豹，借动写静。
舂：用杵臼捣谷。
间：夹杂，交错。

静默：此指入睡。
佳景如此，惜无朋友相伴，故切入往昔与友朋同游之事。
曩昔：先前。曩，从前。

临：来到。
开始遥想春色。

蔓发：蔓延生长。
望：这里指观赏。
鲦：白鲦，一种身体修长、游动轻捷的小鱼。
矫：举起。
将各类景物融为一体，动静结合，充满诗情画意，也表现出春天的生意盎然。
皋：水边高地。
麦陇：麦田。
朝雊：早晨野鸡的叫声。
　雊，野鸡叫的声音。
傥：或，表示商量的语气。

wǎng shuǐ lún lián，yǔ yuè shàng
辋水沦涟，与月上
xià。hán shān yuǎn huǒ，míng miè
下。寒山远火，明灭
lín wài。shēn xiàng hán quǎn，fèi
林外。深巷寒犬，吠
shēng rú bào。cūn xū yè chōng
声如豹。村墟夜舂，
fù yǔ shū zhōng xiāng jiàn cǐ shí
复与疏钟相间。此时
dú zuò，tóng pú jìng mò，duō
独坐，僮仆静默，多
sī nǎng xī，xié shǒu fù shī，
思曩昔，携手赋诗，
bù zè jìng，lín qīng liú yě。
步仄径，临清流也。
dāng dài chūn zhōng，cǎo mù
当待春中，草木
màn fā，chūn shān kě wàng，qīng
蔓发，春山可望，轻
tiáo chū shuǐ，bái ōu jiǎo yì，
鲦出水，白鸥矫翼，
lù shī qīng gāo，mài lǒng zhāo
露湿青皋，麦陇朝
gòu，sī zhī bù yuǎn，tǎng néng
雊，斯之不远，傥能

从我游乎？非子天机清妙者，岂能以此不急之务相邀？然是中有深趣矣！无忽。因驮黄檗人往，不一。

山中人王维白

天机：天性。
清妙：超尘拔俗。
发出他日同游之邀请，以弥补今日独游之憾。
务：闲事，这里指游山玩水。"不急"者谦辞也。山水之赏，于高雅之士，岂可一日或缺！
山水之乐，舒心遣闷，体于自然。
美景已呈于字里行间，君定知我意也。
因：凭借。
黄檗：一种落叶乔木，果实和茎内皮可入药。茎内皮为黄色，也可作染料。
不一：不一一详述，古人书信结尾常用的套语。
山中人：王维过着半隐居的生活，故自称。
白：写。

原毁

韩愈

古之君子，其责己也重以周，其待人也轻以约。重以周，

古之君子责己重以周，待人轻以约。

重以周：严格而全面。

轻以约：轻微而简约。

求：探求。

"彼，人也"句：化用《孟子·滕文公上》所引颜渊语，原文是"舜，何人也？予，何人也？有为者亦若是"。

乃：竟然。

多才与艺人也：《尚书·金縢》载周公自称："能多材多艺，能事鬼神也。"

故不怠；轻以约，故人乐为善。闻古之人有舜者，其为人也，仁义人也。求其所以为舜者，责于己曰："彼，人也；予，人也；彼能是，而我乃不能是！"早夜以思，去其不如舜者，就其如舜者。闻古之人有周公者，其为人也，多才与艺人也。求其所以为周公者，责于己曰："彼，人也；予，人也；

彼能是,而我乃不能是!"早夜以思,去其不如周公者,就其如周公者。舜,大圣人也,后世无及焉;周公,大圣人也,后世无及焉。是人也,乃曰:"不如舜,不如周公,吾之病也。"是不亦责于身者重以周乎!其于人也,曰:"彼人也,能有是,是足为良人矣;能善是,是足为艺人矣。"取其一,不责其二，即其新，不究其旧，恐恐然惟惧其人之不得为善之利。一善易修也，一艺易能也；其于人也，乃曰："能有是，是亦足矣。"曰："能善是，是亦足矣。"不亦待于人者轻以约乎！

今之君子则不然。其责人也详，其待己也廉。详，故人难于为善。廉，故自取也少。

今之君子反乎古，责人也详，待己也廉，是毁谤所由来也。
详：备，全。相当于重以周也。
廉：少。相当于轻以约也。

己未有善，曰："我善是，是亦足矣。"己未有能，曰："我能是，是亦足矣。"外以欺于人，内以欺于心，未少有得而止矣，不亦待其身者已廉乎。其于人也，曰："彼虽能是，其人不足称也。彼虽善是，其用不足称也。"举其一，不计其十；究其旧，不图其新；恐恐然惟惧其人之有闻也，是不亦责于人者已详乎。夫是之谓不以众人待其身，而以圣人望于人，吾未见其尊己也。虽然，为是者有本有原，怠与忌之谓也。怠者不能修，而忌者畏人修。吾试之矣，尝试语于众曰："某良士，某良士。"其应者，必其人之与也；不然，则其所疏远，不与同其利者也；不然，则其畏

"怠"与"忌"为毁谤之根源，更进一步，推而探之。

修：修养德行。

尝：曾经。

语：告诉。

应：附和。
必其人之与也：必是那人的朋友。
则其所疏远，不与同其利者：与那人关系疏远，没有利害关系的人。

畏：畏惧（那人）的人。

也。不若是,强者必怒于言,懦者必怒于色矣。又尝语于众曰:"某非良士,某非良士。"其不应者,必其人之与也;不然,则其所疏远,不与其同利者也;不然,则其畏也。不若是,强者必说于言,懦者必说于色矣。是故事修而谤兴,德高而毁来。呜呼!士之处此世,而望名誉之光,道

怒于言:用言辞表达愤怒。
怒于色:用表情表达愤怒。

德之行，难已！将有作于上者，得吾说而存之，其国家可几而理欤。

训俭示康（节选）

司马光

闻昔李文靖公为相，治居第于封丘门内，听事前仅容旋马，或言其太隘。公笑曰："居第当传子孙，此为宰相听事诚隘，为太祝奉礼听事已宽矣。"

作：振作，有作为。

存：察。

几：接近。

理：治。

注释

康：司马光的儿子司马康。

李文靖公：李沆，字太初，宋真宗时为相。

治居第：修筑住宅。居第，住宅。

封丘门：汴京（今河南开封市）的城门。

听事：处理公务、会见宾客的厅堂。

旋马：马转身。

隘：狭窄。

太祝奉礼：主管祭事的太祝和奉礼官，往往由功臣子孙担任。

参政鲁公为谏官，真宗遣使急召之，得于酒家。既入，问其所来，以实对。上曰："卿为清望官，奈何饮于酒肆？"对曰："臣家贫，客至无器皿、肴、果，故就酒家觞之。"上以无隐，益重之。

张文节为相，自奉养如为河阳掌书记时。所亲或规之曰："公今受俸不少，而自奉若

参政鲁公：鲁宗道，宋真宗时为右正言（谏官），后为户部员外郎兼谕德时，受真宗召见，宋仁宗时任参知政事。
得于酒家：在酒家找到。

清望官：清高有名望的官员。

觞：喝酒。
无隐：没有隐瞒。
益重之：越发尊重。

张文节：名知白，字用晦，真宗时任河阳节度判官，仁宗时任相，死后谥文节。
奉养：生活享受。
如：和……一样。
为：做，担任。
掌书记：唐代官名。判官主掌文书，故称。
受俸：领取俸禄。

此。公虽自信清约，外人颇有公孙布被之讥。公宜少从众。"公叹曰："吾今日之俸，虽举家锦衣玉食，何患不能？顾人之常情，由俭入奢易，由奢入俭难。吾今日之俸岂能常有？身岂能常存？一旦异于今日，家人习奢已久，不能顿俭，必致失所。岂若吾居位、去位、身存、身亡，常如一日

清约：清廉节俭。

公孙布被之讥：公孙，指汉武帝时丞相公孙弘。《汉书·公孙弘传》："汲黯曰'弘位在三公，奉（通"俸"）禄甚多，然为布被，此诈也。'"

公宜少从众：你应该稍稍随从众人（的做法）。

顾：但是。

顿：立刻。

必致失所：一定会招致（饥寒）无所依。

居位：做官。

去位：不做官。

乎?"呜呼!大贤之深谋远虑,岂庸人所及哉!

御孙曰:"俭,德之共也;侈,恶之大也。"共,同也;言有德者皆由俭来也。夫俭则寡欲:君子寡欲,则不役于物,可以直道而行;小人寡欲,则能谨身节用,远罪丰家。故曰:"俭,德之共也。"侈则多欲:君子多欲则贪慕富贵,枉道速祸;小人

大贤:指以上李、鲁、张三人。

岂庸人所及哉:哪里是平庸的人比得上的呢。

俭,德之共也;侈,恶之大也:俭是各种品德的共同(特点),侈是(各种)罪恶中的大罪。这句话出自《左传》。

君子寡欲则不役于物:有地位的人没有贪欲就不会被外物役使。

直道而行:行正直之道。

谨身节用:约束自己节约费用。

远罪丰家:避免犯罪丰裕家室。

枉道速祸:不走正路招致祸患。

注释：

- 多求妄用：多方营求随意浪费。
- 正考父：宋国的上卿，孔子的祖先。
- 孟僖子：春秋后期鲁国司空。
- 季文子：春秋时鲁国的正卿。
- 管仲：春秋时齐国的宰相。
- 镂簋：刻有花纹的盛食器具。
- 朱纮：古代系在冠冕下的红色帽带。
- 山楶藻棁：刻成山形的斗拱，绘有藻纹的梁柱。形容居处奢侈。楶，斗拱，柱上支撑大梁的方木。棁，梁上的短柱。
- 孔子鄙其小器：孔子看不起他。《论语·八佾》："子曰：'管仲之器小哉。'"
- 公叔文四句：《左传·定公十三年》："初，卫公叔文子朝而请享灵公，退而见史鰌告之。史鰌曰：'子必祸矣。子富而君贪其及子乎？'……及文子卒，卫侯始恶于公叔戌，以其富也。"第二年，公孙戌被卫侯驱逐，逃往鲁国。公叔子，卫国大夫公叔发，公叔戌是他的儿子。史鰌，卫国史官。

多欲则多求妄用，败家丧身；是以居官必贿，居乡必盗。故曰："侈，恶之大也。"

昔正考父饘粥以糊口，孟僖子知其后必有达人。季文子相三君，妾不衣帛，马不食粟，君子以为忠。管仲镂簋朱纮、山楶藻棁，孔子鄙其小器。公叔文子享卫灵公，史鰌知其及祸；及戌，果以富得罪出亡。何曾日食万钱，至孙以骄溢倾家。石崇以奢靡夸人，卒以此死东市。近世寇莱公豪侈冠一时，然以功业大，人莫之非，子孙习其家风，今多穷困。

其余以俭立名，以侈自败者多矣，不可遍数，聊举数人以训汝。汝非徒身当服

何曾：西晋人，性奢侈，日食万钱，犹曰无下箸处。

石崇二句：《晋书·石崇传》载，石崇"财产丰积，室宇宏丽。后房百数，皆曳纨绣，珥金翠。……崇有妓曰绿珠，美而艳，善吹笛。孙秀使人求之……崇竟不许。秀怒，乃劝伦诛崇"。

寇莱公：寇准，宋真宗时丞相，澶渊之盟退辽兵后封莱国公。《宋史》本传说他"少年富贵，性豪侈……家未尝爇油灯，虽庖匽（厕所）所在，必然炬烛"。

然以功业大：但是因为（他）功业大。

人莫之非：人们没有谁指责他。

习：习染。

数：历数，列举。

行，当以训汝子孙，使知前辈之风俗云。

梦溪笔谈·书画

沈括

欧阳公尝得一古画牡丹丛，其下有一猫，未知其精粗。丞相正肃吴公与欧公姻家，一见，曰："此正午牡丹也。何以明之？其花披哆而色燥，此日中时花也。猫眼黑睛如线，此正

赏析

欧阳公：北宋文学家欧阳修。
尝：曾经。

精粗：精良和粗劣。这里指古画水平的高低。
正肃吴公：指吴育（1004—1058），字春卿，福建建安人。少奇颖博学，中进士甲科，后官资政殿大学士、尚书左丞。卒，谥正肃。
有画而不能识其妙处，甚为可惜也。
姻家：儿女亲家。
"一见"即道出个中妙处，吴公赏鉴水平之高于斯可见。
何以：即"以何"，凭什么。
明：辨别。
披哆：张开，下垂。
猫眼和花色、花瓣皆是画的

午猫眼也。有带露花，则房敛而色泽。猫眼早暮则睛圆，日渐中狭长，正午则如一线耳。"此亦善求古人笔意也。

细节部分，但更是精华部分，可称"画眼"，观察它们的形态，则可知画之"精粗"。
燥：枯涩，不润泽。
黑睛：瞳孔。
房：花房，即花冠。
敛：收拢。
泽：鲜润。
既谓"带露"（带有露水），可知是早上或晚间时的花。
对比早、暮花和"日中花"的不同形态。
分析猫眼在正午与早晚的不同特征。
鉴别精确，故说是"善求"。
要了解某一事物，需注意其细节部分（有时是比较隐蔽的），并在与他物的联系中观察其发展变化，从而达到全面而精细的认识效果。
笔意：指绘画的意趣。

赏析

斗牛图

苏轼

蜀中有杜处士，好书画，所宝以百数。有戴嵩

处士：指有德才而隐居不愿去做官的人。

宝：名词作动词，珍藏。

戴嵩：唐代著名画家，擅画田园风景，尤工画牛，与韩干画马并称"韩马戴牛"。

一轴：即一幅画。

锦囊玉轴：用彩锦做装画的袋子，用玉石做卷画的轴子。

至此，极言处士爱画，与后之不识画恰成对比，章法上所谓先抑后扬也。

曝：晒。

拊掌：拍掌。拊，拍。

搐：抽缩。

掉尾：摇着尾巴。掉，摆动。

然：以……为然，认为……是正确的。
童子提出，处士即虚心接受。提倡不耻下问的学习态度。

不可改：不能改变，即不刊之论。

童子日与牛居，故熟知牛之日常情态。奴隶之于耕田，婢女之于纺织，同于此理，故借以为证。

《牛》一轴，尤所爱，锦囊玉轴，常以自随。一日曝书画，有牧童见之，拊掌大笑曰："此画斗牛也。牛斗，力在角，尾搐入两股间，今乃掉尾而斗，谬矣。"处士笑而然之。

古语有云："耕当问奴，织当问婢。"不可改也。

潍县署中与舍弟墨第二书

郑燮

余五十二岁始得一子,岂有不爱之理!然爱之必以其道,虽嬉戏玩耍,务令忠厚悱恻,毋为刻急也。平生最不喜笼中养鸟,我图娱悦,彼在囚牢,何情何理,而必屈物之性以适吾性乎!至于发系蜻蜓,线缚螃蟹,为小儿玩具,不过一时片刻便

注释

悱恻: 本是忧思的意思,这里指同情心。
刻急: 苛刻严峻。

摺拉：摧折、毁损。

劬劳：辛勤劳苦。

絪缊：这里指天地阴阳二气交互作用的状态。

虺：一种毒蛇。

摺拉而死。夫天地生物，化育劬劳，一蚁一虫，皆本阴阳五行之气絪缊而出。上帝亦心心爱念。而万物之性人为贵，吾辈竟不能体天之心以为心，万物将何所托命乎？蛇虺、蜈蚣、豺狼、虎豹，虫之最毒者也，然天既生之，我何得而杀之？若必欲尽杀，天地又何必生？亦惟驱之使远，避之使不相害而已。蜘蛛结网，于人何罪，或谓其夜间咒月，令人墙倾壁倒，遂击杀无遗。此等说话，出于何经何典，而遂以此残物之命，可乎哉？可乎哉？我不在家，儿子便是你管束。要须长其忠厚之情，驱其残忍之性，不得以为犹子而姑纵惜也。家人儿女，总是天地间一般人，当一般爱惜，不可

残：残害。

长：长养，培养。
驱：去掉，去除。

犹子：侄子。
姑：姑息。
家人：指郑家的仆人。

飧：熟食品。

使吾儿凌虐他。凡鱼飧果饼，宜均分散给，大家欢嬉跳跃。若吾儿坐食好物，令家人子远立而望，不得一沾唇齿；其父母见而怜之，无可如何，呼之使去，岂非割心剜肉乎！夫读书中举中进士做官，此是小事，第一要明理做个好人。可将此书读与郭嫂、饶嫂听，使二妇人知爱子之道在此不在彼也。

满井游记（节选）

袁宏道

燕地寒，花朝节后，余寒犹厉。冻风时作，作则飞沙走砾。局促一室之内，欲出不得。每冒风驰行，未百步辄返。

廿二日，天稍和，偕数友出东直，至满井。高柳夹堤，土膏微润，一望空阔，若脱笼之鹄。于时，冰皮始

赏析

满井：明清时北京东北郊的一口古井。《嘉庆一统志》说："井径五尺余，清泉涌出，冬夏不竭。好事者凿栏以束之，水常浮起，散漫四溢。"因此而得名。

燕：古燕国故地，这里指北京一带。

花朝节：旧俗以农历二月十五日为"百花生日"，故称此日为"花朝节"。一说为十二日，又说为初二日。

厉：剧烈。

作：起。

局促：拘束。

"犹"强调严寒余威之烈，则此前之冷可想而见。

"作""飞""走"，连用三动词，写严寒肃杀景象。

东直：指北京东直门，在城东北方。满井在东直门东北三四里。

土膏：肥沃的土地。膏，肥沃。

前言局促一室，欲出不得，今既见郊外美景，心胸为之开阔，是谓"脱笼"。

鹄：天鹅。

解：解冻，融化。
"始""乍"二字写初春景活脱，作者内心亦开始解冻，具有无限春意。
以"镜"为喻，描绘出满井水光亮晶晶，乍暖还寒的特色。
"拭"字写出山色纤尘不染。
靧：洗脸。
初春山峦鲜净，比拟作"倩女"，仿佛见其妩媚姿色。
掠：梳掠。
一"将"一"未"，见春柳之娇羞依依。
舒：伸展。
梢：原意是木的尖端，这里指柳梢。
披风：在风中散开。披，开，分散。
鬣：兽颈上的长毛。这里形容尚不高的麦苗。
上写物，此下转入写人。
茗：名词作动词用，喝茶。
罍：酒杯。此处作动词，用酒杯喝。
红装：艳装。活用为动词，身着艳装。
蹇：原是跛足的意思，引申为驴。此处亦作动词，骑驴。
城外初春之"暖"，与前述城内之"寒"对应。
徒步：步行。
浃：湿透。

解，波色乍明，鳞浪层层，清澈见底，晶晶然如镜之新开而冷光之乍出于匣也。山峦为晴雪所洗，娟然如拭，鲜妍明媚，如倩女之靧面而髻鬟之始掠也。柳条将舒未舒，柔梢披风，麦田浅鬣寸许。游人虽未盛，泉而茗者，罍而歌者，红装而蹇者，亦时时有。风力虽尚劲，然徒步则汗出浃背。凡曝沙之鸟，呷浪之鳞，悠然自得，毛羽鳞鬣之间，皆有喜气。始知郊田之外未始无春，而城居者未之知也。

曝：晒。
呷：吸而饮。
鳞：指代鱼。

城：在城市里。名词作状语。
未之知：即"未知之"。否定句里代词作宾语，前置。
"城居者"不知春已降临，是因为"局促于一室之内"；至出游郊外见春意盎然，"始知郊田之外未始无春"。

儿时记趣（节选）

沈复

余忆童稚时，能张目对日，明察秋毫。见藐小微物，必细察其纹理，故时有物外之趣。

赏析

儿童天性好奇，有探索精神。
儿时所体会之"物外之趣"，更多借助于天马行空的想象。

秋毫：鸟兽在秋天新长的细毛。
纹理：物体内部或表面的条纹。
物外之趣：世俗看法以外的趣味。物外，指世俗以外，即一般人的看法以外；也指物体本身以外。

拟：比拟，比方。
夏蚊如鹤，想象出人意外。
执着而痴迷，自是儿童常有之态。

项：脖子。
强：僵硬。

徐：缓慢。
想象何其丰富。

观：看。
着一"果"字，知心之所想与眼之所观，若合符契。
唳：高声鸣叫。
称：说。

夏蚊成雷，私拟作群鹤舞空，心之所向，则或千或百果然鹤也。昂首观之，项为之强。又留蚊于素帐中，徐喷以烟，使其冲烟飞鸣，作青云白鹤观，果如鹤唳云端，为之怡然称快。

又常于土墙凹凸处、花台小草丛杂处，常蹲其身，使与台齐；定神细视，以丛草为林，以虫蚁为兽，以土砾凸者为丘，凹者为壑，神游其中，怡然自得。一日，见二虫斗草间，观之正浓，忽有庞然大物拔山倒树而来，盖一癞蛤蟆也，舌一吐而二虫尽为所吞。余年幼方出神，不觉呀然惊恐，神定，捉蛤蟆，鞭数十，驱之别院。

土砾：土石。砾，碎石，小石。
有童心，则有童趣，万物皆因之有物外之趣。

壑：山谷。

夸饰，更具形象，读者似亲见之。
未见其身，先闻其声。
癞蛤蟆：蛙类的一种，身体呈暗褐色，背有肿块。
尽：全部。
呀：张口貌。
自然界的弱肉强食。
伸张正义，对欺负弱小者给与惩罚。此亦是童心美好处。
全文善用比喻、想象，意在借童趣引出童心之纯真。随着年岁迁移，童心渐趋渐尽，作者希望能永远保持童心，这样才能从平凡的事物中找到不一般的乐趣，生活才会因之更美好。
鞭：名词作动词，鞭打。

我爱这土地（节选）

艾青

假如我是一只鸟，
我也应该用嘶哑的喉咙歌唱：
这被暴风雨所打击的土地，
这永远汹涌着我们的悲愤的河流，
这无止息地吹刮着的激怒的风，
和那来自林间的无比温柔的黎明……
——然后我死了，
连羽毛也腐烂在土地里面。

为什么我的眼里常含泪水？
因为我对这土地爱得深沉……

赏析

艾青（1910—1996），1933年在狱中写下了他的成名诗作《大堰河——我的保姆》，他的诗饱含泥土气息和爱国热忱，诗风沉郁苍凉。艾青具有很强烈的土地情结，他自始至终都挚爱土地、赞美土地，对它充满依恋之情。《我爱这土地》是写于抗战时期的名篇，诗人化身为一只小鸟，用渺小的身躯来歌唱广博的土地，歌唱她的欢乐与哀愁。即使死了，"连羽毛也腐烂在土地里面"，以此来表达对这片土地的忠诚和热爱。"为什么我的眼里常含泪水？因为我对这土地爱得深沉……"，感情如此真诚，如此强烈，如此直接，诗人贴着土地去倾听祖国的脉搏和自己的心跳，震撼着读者的心灵。

赞　美

穆　旦

走不尽的山峦和起伏，河流和草原，
数不尽的密密的村庄，鸡鸣和狗吠，
接连在原是荒凉的亚洲的土地上，
在野草的茫茫中呼啸着干燥的风，
在低压的暗云下唱着单调的东流的水，
在忧郁的森林里有无数埋藏的年代。
它们静静地和我拥抱：
说不尽的故事是说不尽的灾难，沉默的
是爱情，是在天空飞翔的鹰群，
是干枯的眼睛期待着泉涌的热泪，
当不移的灰色的行列在遥远的天际爬行；
我有太多的话语，太悠久的感情，
我要以荒凉的沙漠，坎坷的小路，驴子车，
我要以槽子船，漫山的野花，阴雨的天气，
我要以一切拥抱你，你，
我到处看见的人民呵，

在耻辱里生活的人民,伛偻的人民,
我要以带血的手和你们一一拥抱。
因为一个民族已经起来。

一个农夫,他粗糙的身躯移动在田野中,
他是一个女人的孩子,许多孩子的父亲,
多少朝代在他的身边升起又降落了
而把希望和失望压在他身上,
而他永远无言地跟在犁后旋转,
翻起同样的泥土溶解过他祖先的,
是同样的受难的形象凝固在路旁。
在大路上多少次愉快的歌声流过去了,
多少次跟来的是临到他的忧患;
在大路上人们演说,叫嚣,欢快,
然而他没有,他只放下了古代的锄头,
再一次相信名词,溶进了大众的爱,
坚定地,他看着自己溶进死亡里,
而这样的路是无限的悠长的
而他是不能够流泪的,

他没有流泪，因为一个民族已经起来。

在群山的包围里，在蔚蓝的天空下，
在春天和秋天经过他家园的时候，
在幽深的谷里隐着最含蓄的悲哀：
一个老妇期待着孩子，许多孩子期待着
饥饿，而又在饥饿里忍耐，
在路旁仍是那聚集着黑暗的茅屋，
一样的是不可知的恐惧，一样的是
大自然中那侵蚀着生活的泥土，
而他走去了从不回头诅咒。
为了他我要拥抱每一个人，
为了他我失去了拥抱的安慰，
因为他，我们是不能给以幸福的，
痛哭吧，让我们在他的身上痛哭吧，
因为一个民族已经起来。

一样的是这悠久的年代的风，
一样的是从这倾圮的屋檐下散开的

无尽的呻吟和寒冷,
它歌唱在一片枯槁的树顶上,
它吹过了荒芜的沼泽,芦苇和虫鸣,
一样的是这飞过的乌鸦的声音。
当我走过,站在路上踟蹰,
我踟蹰着为了多年耻辱的历史
仍在这广大的山河中等待,
等待着,我们无言的痛苦是太多了,
然而一个民族已经起来,
然而一个民族已经起来。

赏析

穆旦(1918—1977),原名查良铮,著名现代派诗人,他的诗处处透出一种刚健的力与坚忍的生气。在抗日战争的炮火中曾随师友一起徒步穿越三省,颠沛流离,深刻地感受了那个年代的灾难。《赞美》写于1941年,开篇以荒凉的土地、干燥的风、低压的暗云、东流的水、忧郁的森林几个简单的意象勾画出满目疮痍的大地上深重的苦难。诗人内心对这片土地和人民充满着深沉的爱:"要以带血的手和你们一一拥抱"。接着诗人刻画了一位农夫,这是一个凝固的受难的形象,他是深受苦难依然坚忍不拔的中国人民的缩影,随遇而安的他也毅然加入了反抗的洪流,象征着"一个民族已经起来"。这是对祖国的祝祷,对民族的企盼,对人民的礼赞,这一高亢的呼声反复出现,成为全篇抒情的注脚和高潮,具有收束和提升的作用。全诗既有感情的炽烈,又有理性的力度,沉郁之中充满希望和力量。

附 录
作者与作品简介

《论语》 孔子（前551—前479），名丘，字仲尼，春秋时期鲁国人，著名的思想家，儒家学派的创始人。孔子的思想核心是"仁"和"礼"，仁即仁爱；礼是礼乐，是当时社会各个方面的行为规范。孔子的弟子相传有三千人，其中有七十二位著名的贤人。孔子去世后，他的弟子以及再传弟子们把他的言行记录在一起，编成《论语》一书。

《老子》 老子，相传姓李名耳，春秋时代著名的思想家，道家学派的创始人。老子的思想核心是"道"，人要顺应自然的规律而"无为"。老子的思想与众不同，他常常从事物的反面看问题，一般人认为好的，他能看到不好的方面，一般人认为不好的，他能看到好的方面。老子的言论，流传下来的只有《老子》一书，又称《道德经》，这本书也是老子的后学弟子们编写而成的。

《孟子》 孟子，名轲，字子舆，战国早期儒家思想的代表人物。孟子继承了孔子的思想，并做了发展，最重要的是提出了"人性本善"的学说。孟子非常重视平民百姓的利益，他明确提出"民为贵，社稷（国家政权）次之，君为轻"，这是了不起的思想。《孟子》一书，是孟子的弟子们根据他的言行编撰的，具有比较浓的思辨色彩。

《荀子》 荀子，名卿，战国晚期儒家思想的代表人物。荀子主张人性本恶，所以需要通过后天的学习才能成为贤人，礼义是荀子思想的核心。荀子的思想中很多富有现代的科学精神，例如现代胜过古代，天的运行是一种自然规律，人可以胜天等等。《荀子》一书，主要是荀子自己的作品，少数作品可能是学生所作。

《鬼谷子》 鬼谷子，姓王名诩，春秋时人。常入云梦山采药修道。因隐居清溪之鬼谷，故自称鬼谷先生。《鬼谷子》共有十四篇，其中第十三、十四篇已失传。《鬼谷子》是战国纵横家唯一流传至今的著作，它开创了中国游说修辞的先河；它提出了不同于儒、道、法等其他学派的哲学政治思想；它曾经被人们从不同角度去理解和运用，对宗教家、军事家、术数家都产生过影响。

《鹖冠子》 作者相传为战国时楚人。姓名不详。隐居深山，用鹖羽为冠，因以为号。《鹖冠子》为先秦道家著作，共19篇，其中专题论文12篇，对话录7篇。全书贯穿着道家思想，也有天学、宇宙论等方面的内容。

《淮南子》 西汉初年，淮南王刘安召集门客撰写。又名《淮南鸿烈》，原来有内中外三本书，流传下来的只有内书21篇。《淮南子》的思想以道家为主体，兼采法家、阴阳家、名家等各派学说，反映了汉代初年占统治地位的思想。

《中论》作者徐幹，字伟长，东汉末年人，著名的文学家。《中论》是他写的阐发儒家思想的著作，一切本之儒家经义，推明圣贤之道。

《管子》管子，名夷吾，字仲，春秋时期伟大的政治家和思想家。他辅佐齐桓公，开创了春秋霸业，打退了夷狄的进攻，保卫了华夏民族。《管子》一书，内容非常丰富，涉及当时社会的政治、经济、天文、历法、地理、哲学等各个方面。这本书有管仲的思想，也包含了春秋战国时代齐国的很多思想家的作品。

《庄子》庄子，名周，战国时代道家思想的代表人物。庄子一生很清贫，但是不愿意做官。他的思想跟老子很接近，后人将其与老子并称为"老庄"。《庄子》一书，是庄子自己和他的弟子们撰写的。《庄子》的文章，想象雄奇，汪洋恣肆，语言优美生动，大量运用寓言故事，而又深刻独特。

《素问》现存最早的中医理论著作，约成书于战国时期。素者，本也；问者，黄帝问于岐伯也，岐伯乃上古医学先知。该书是以黄帝与先知们问答形式撰写的综合性医学文献。相传为黄帝所作，实际非出自一时一人之手，大约成书于春秋战国时期。原来9卷，古书早已亡佚，后经唐王冰订补，改编为24卷，计81篇，定名为《黄帝内经素问》，以人与自然统一观、阴阳学说、五行说、脏腑经络学为主线，论述摄生、脏腑、经络、病因、病机、治则、药物以及养生防病等各方面的关系，集医理、医论、医方于一体。

《吕氏春秋》吕不韦，战国末期秦国的丞相，杰出的政治家。他召集了很多门客，编撰了《吕氏春秋》一书，又名《吕览》，分八览、六论、十二纪，共一百六十篇。这本书的内容很庞杂，里面包含了先秦各种学派的思想，不过有一个总的主题，就是道家的"无为"。书中还有不少科学知识。先秦很多学派的思想因为《吕氏春秋》的记载才得以流传下来，非常珍贵。

《韩诗外传》作者韩婴，汉文帝时的博士，汉初传授《诗经》的代表人物，所传《诗经》被称为"韩诗"。《韩诗外传》就是讲说《诗经》的著作。书中经常援引历史故事来解释诗义，故事都生动有趣，但是与先秦古籍中记载的故事常常有出入。

《列女传》是一部介绍中国古代妇女行为的书，也有观点认为该书是一部妇女史。一般认为其作者是西汉的儒家学者刘向。

《潜夫论》作者王符，字节信，东汉人。全书主要是议论当时政治的得失，所以不愿意公开自己的姓名，自称"潜夫"，意思是隐者。书中也涉及很多哲学问题，例如提出"气"是万物的本原。

《西铭》 作者张载，字子厚，北宋凤翔郿县横渠镇人，人称"横渠先生"。他是宋代理学的创始人之一，晚年因为在关中讲学，其学说又被称为"关学"。《西铭》就是《正蒙·乾称》篇的开头部分，张载曾把这一段和《乾称》篇的最后一段分别抄出，贴在屋子的东西窗上作为自己的座右铭。当时的另两位理学家程颢和程颐兄弟，见到后非常欣赏这两段文字，程颐就把开头的这段文字改称《西铭》，把末尾的那段文字称为《东铭》。

《三国志》 作者陈寿，共六十五卷，包括《魏书》三十卷，《蜀书》十五卷，《吴书》二十卷，主要记载魏、蜀、吴三国鼎立时期的历史。

《人物志》 作者刘邵，字孔才，三国魏人。当时人喜好品评人物，刘邵就是其中的佼佼者。《人物志》是论辩人才的著作，通过人的各种外在表现，包括外貌，来推断人物的内在品质。这是总结人才鉴别经验的奇书。

《颜氏家训》 作者颜之推，字介，南北朝时文学家。这本书是训诫子孙的，内容非常丰富。全书以儒家思想为主，但明显受到当时道教风气的影响，论述修身齐家之道，辨正时俗，讦讽及字画音韵等。

司马迁（约前145—前90），字子长，夏阳（今陕西韩城）人，西汉著名史学家、文学家和思想家。

崔瑗（78—143），字子玉，涿郡安平（今河北安平）人。东汉学者、书法家。善章草，开后世所称章草之先河。

曹操（155—220），本姓夏侯，字孟德，小名阿瞒，沛国谯郡（今安徽亳州）人。东汉末年的政治家、军事家、文学家。

傅玄（217—278），字休奕，北地泥阳（今陕西铜川）人。西晋哲学家、文学家。

陶渊明（365—427），字元亮，别号五柳先生，晚年更名潜，卒后亲友私谥靖节。东晋浔阳柴桑人（今江西九江）人。其作品感情真挚，朴素自然，有时流露出逃避现实、乐天知命的老庄思想，有"田园诗人"之称。

吴均（469—520），字叔庠，吴兴故鄣（今浙江安吉）人。南朝梁代文学家、史学家。散文以写景见长，文体清拔，时人或仿效之，称为"吴均体"。诗亦刚健清新，富有感情。

宋之问（约656—712），一名少连，字延清，汾州隰城（今山西汾阳）人，唐代诗人。所作诗声律调谐，属对工整，与沈佺期齐名，世称"沈宋"。

王维（701—761），字摩诘，河东蒲州（今山西运城）人，祖籍山西祁县，唐代著名诗人，曾任大乐丞、右拾遗、尚书右丞等职，世称王拾遗。王维为盛唐山水诗派领袖，与孟浩然并称"王孟"，且善画，苏轼说"味摩诘之诗，诗中有画；观摩诘之画，画中有诗"。

杜甫（712—770），字子美，原籍襄阳（今湖北襄樊），寄居巩县（今河南巩义）。唐代著名诗人。其诗抒写个人情怀，往往结合时事，思想浑厚，意境广阔，是伟大的现实主义诗人。

韩愈（768—824），字退之，河内河阳（今河南孟州）人，又称韩昌黎。唐代著名散文家，他反对六朝以来的骈偶文风，提倡散体。他的诗笔力雄健，力求新奇，开了"以文为诗"的风气，对宋诗影响很大。

司马光（1019—1083），字君实，陕州夏县（今山西闻喜）涑水乡人，世称"涑水先生"。北宋政治家、文学家和史学家。因反对王安石变法，退居洛阳，修撰编年体通史《资治通鉴》。

沈括（约1033—1097），字存中，钱塘（今浙江杭州）人。北宋科学家。

苏轼（1037—1101），字子瞻，号东坡居士，眉州眉山（今属四川）人。北宋文学家、书画家。苏洵之子。南宋时追谥文忠。与父洵、弟辙合称"三苏"。其文汪洋恣肆，明白畅达，为"唐宋八大家"之一。其诗清新豪健，善用夸张比喻，在艺术表现方面独具风格。词开豪放一派，对后代很有影响。擅长行书、楷书，与蔡襄、黄庭坚、米芾并称"宋四家"。

杨万里（1127—1206），字廷秀，号诚斋，吉州吉水（今江西吉水）人。宋代诗人，"南宋四大家"之一。自成一家，后人号为"诚斋体"，特点是清新自然。

杨慎（1488—1559），字用修，号升庵。四川新都（今四川成都）人。明代文学家、藏书家。诗文有复古倾向，在贬谪之后，多感愤之作。又工度曲，对民间文学也颇重视。

袁宏道（1568—1610），字中郎，号石公，湖广公安（今属湖北）人。明代文学家。他是公安派的领袖和代表作家，与兄宗道、弟中道并称"公安三袁"。作品率真自然，内容多写闲情逸致。

郑燮（1693—1765），名燮，字克柔，号板桥，"扬州八怪"之首，江苏兴化人。清代文学家、书法家和画家。其诗多关心民间疾苦；书法自成一家，被称为"板桥体"；绘画以兰竹最负盛名。

沈复（1763—1825），字三白，号梅逸，长洲（今江苏苏州）人。清代文学家。

版本目录

《论语》	《论语译注》，杨伯峻译注，中华书局，1963
《老子》	《老子道德经》，王弼注，中华书局，1954
《管子》	张之纯编纂，曹家达校订，商务印书馆，1924—1926
《孟子》	《孟子译注》，杨伯峻译注，中华书局，1963
《庄子》	《庄子译注》，杨柳桥撰，上海古籍出版社，2006
《荀子》	《荀子集解》，王先谦注，中华书局，1954
《鹖冠子》	《鹖冠子汇校集注》，黄怀信撰，中华书局，2004
《鬼谷子》	陶宏景注，北京市中国书店，1985
《黄帝内经素问》	人民卫生出版社，1963
《吕氏春秋》	《吕氏春秋校释》，陈奇猷校译，学林出版社，1984
《淮南子》	《淮南鸿烈集解》，刘文典撰，中华书局，1989
《韩诗外传》	《韩诗外传集释》，许维遹校释，中华书局，1980
《列女传》	刘向撰，刘晓东校点，辽宁教育出版社，1998
《潜夫论》	王符撰，汪继培笺，中华书局，1985
《三国志》	陈寿撰，上海古籍出版社，2002
《人物志》	《人物志》校笺，李崇智著，巴蜀书社，2001
《中论》	《中论校注》，徐湘霖校注，巴蜀书社，2000
《西铭》	《张子全书》，朱熹注，商务印书馆，1935
《颜氏家训》	影印本，上海古籍出版社，1992
龟虽寿	《先秦汉魏晋南北朝诗》，逯钦立编，中华书局，1983
饮酒（其五）	《先秦汉魏晋南北朝诗》，逯钦立编，中华书局，1983
归园田居	《先秦汉魏晋南北朝诗》，逯钦立编，中华书局，1983
渡汉江	《全唐诗》，中华书局，1960
左迁至蓝关示侄孙湘	《全唐诗》，中华书局，1960
茅屋为秋风所破歌	《全唐诗》，中华书局，1960
小儿诗	《全唐诗》，中华书局，1960

嘲稚子	《全宋诗》，北京大学出版社，1991—1998
江城子·密州出猎	《全宋词》，唐圭璋主编，中华书局，1965
临江仙（滚滚长江东逝水）	《全明词》，饶宗颐初纂，张璋总纂，中华书局，2004
报任少卿书（节选）	《全上古三代秦汉三国六朝文》，严可均编，中华书局，1958
座右铭	《文选》，（梁）萧统编，（唐）李善注，上海古籍出版社，1986
傅子·仁论	《全上古三代秦汉三国六朝文》，严可均编，中华书局，1958
桃花源记	《陶渊明集笺注》，袁行霈撰，中华书局，2003
与朱元思书（节选）	《吴朝请集》，《汉魏六朝百三名家集》，江苏古籍出版社，2002
山中与裴秀才迪书	《王维集校注》，陈铁民校注，中华书局，1997
原毁	《昌黎先生文集》，上海古籍出版社，1994
训俭示康（节选）	《司马温公文集》，《丛书集成初编》本，中华书局，1985
梦溪笔谈·书画	（宋）沈括撰，刘尚荣校点，辽宁教育出版社，1997
斗牛图	《苏轼文集》，孔凡礼校点，中华书局，1986
潍县署中与舍弟墨第二书	《板桥家书译注》，华耀祥、顾黄初译注，人民文学出版社，1994
满井游记（节选）	《袁宏道集笺校》，钱伯城笺校，上海古籍出版社，1981
儿时记趣（节选）	《闲书四种》，宋凝编注，湖北辞书出版社，1995